D1925740

du bist ich und ich bin du

Hisashi Yamanaka

du bist ich und ich bin du

Deutsch von Dorothea Ohsaki

Verlag Sauerländer
Aarau · Frankfurt am Main · Salzburg

Hisashi Yamanaka
du bist ich und ich bin du

Deutsch von Dorothea Ohsaki
Umschlagbild von Hanno Rink

Copyright © 1980 by Hisashi Yamanaka
(Titel der japanischen Originalausgabe:
ORE GA AITSU DE AITSU GA ORE DE)
German translation rights arranged with OBUNSHA CO., Ltd.
through Japan Foreign-Rights Centre

Copyright © 1993 Text, Illustrationen und Ausstattung
der deutschen Ausgabe by Verlag Sauerländer, Aarau

Printed in Germany

ISBN 3-7941-3660-8
Bestellnummer 01 03660

Das Werk einschließlich aller seiner Teile ist urheberrechtlich geschützt. Jede Verwertung ist ohne Zustimmung des Verlags unzulässig. Dies gilt insbesondere für Vervielfältigungen, Übersetzungen, Mikroverfilmungen und die Einspeicherung und Verarbeitung in elektronischen Systemen.

Die Deutsche Bibliothek – CIP-Einheitsaufnahme

Yamanaka, Hisashi:
Du bist ich und ich bin du / Hisashi Yamanaka. Dt. von
Dorothea Ohsaki. – Aarau ; Frankfurt am Main ; Salzburg :
Sauerländer, 1993
Einheitssacht.: Ore-ga-aitsu-de-aitsu-ga-ore-de-<dt.>
ISBN 3-7941-3660-8

Klasse: 6–3, Nachname: Saito, Vorname: Kazuo

So steht es auf meinen Schulbüchern. Das heißt, geschrieben habe ich es. Und weil man nicht den Namen eines anderen auf seine eigenen Schulbücher schreibt, bin ich dieser Kazuo Saito.

War vielleicht etwas umständlich ausgedrückt, aber das ist furchtbar wichtig, merkt es euch gut! Wenn nachher das Unheil passiert und es drüber und drunter geht und ihr euch nicht mehr zurechtfindet, bin ich jedenfalls nicht schuld.

Na ja, Kazuo Saito, das ist nicht gerade ein auffallender Name hier in Japan, und besonders selten ist er auch nicht. In den Frühlingsferien habe ich in unserem Telefonbuch rumgeblättert und allein hier in der Stadt Morino ganze dreiundzwanzig Kazuo Saito gefunden. Junge, Opas, mittelalte, Glatzköpfe, dicke, dürre, alle möglichen Kazuo Saito gibt es also hier. Die werden sicher alle möglichen Berufe haben. Und vielleicht ißt jetzt gerade einer, oder einer hat den Schluckauf, oder es hockt einer auf dem Klo, oder einer schnarcht.

Aber der Kazuo Saito aus der Klasse 6–3 der Vierten Städtischen Grundschule* zu Morino, der bin ich, ich ganz allein, ICH!!!

Jetzt habe ich den Mund vielleicht ein bißchen voll genommen. Das kann ich auch normalerweise nur machen, wenn ich alleine bin. In der Schule – außer in den Pausen natürlich – sehe ich nämlich zu, daß ich möglichst nicht auffalle. Nicht, daß ich mir darauf etwas einbilden wollte, aber es kann schon vorkom-

*In Japan geht man 6 Jahre zur Grundschule, dann 3 Jahre zur Mittelschule und noch mal 3 Jahre zur Oberschule. Kazuo ist also 11 Jahre alt.

men, daß ich mich im Unterricht nicht ein einziges Mal melde. Und das nicht nur einen oder zwei Tage lang. Ihr könnt euch vorstellen, daß meine Noten deshalb auch – na ja, nicht gerade die besten sind.

Freunde habe ich schon ein paar, obwohl ich nicht behaupten kann, daß ich etwa der Liebling der Klasse wäre. Meine besten Talente zeigen sich eigentlich eher beim Zusammenbauen von Modellautos und vielleicht noch, wenn ich grunze wie ein Schwein.

Ich war gerade ins sechste Schuljahr gekommen. Das Unglück fing damit an, daß unsere Lehrerin, Fräulein Michiko Ono, eine neue Schülerin in die Klasse brachte. Das Mädchen war etwa so groß wie ich. Als ich ihr Gesicht betrachtete, hatte ich das Gefühl, sie schon einmal irgendwo gesehen zu haben. Nur konnte ich mich im Moment nicht erinnern, wo das gewesen sein mochte.

Da nannte die Neue ihren Namen, und gleich drehten sich alle zu mir um und lachten. Sie hieß nämlich Kazumi Saito, also bis auf eine Silbe genauso wie ich. Und diese Kazumi Saito starrte mich verwundert an und sagte: «Sag mal, bist du nicht vielleicht der kleine Kazuo mit den Plattfüßen? Doch, das mußt du sein! Der kleine Kazuo, der mir ins Bett gemacht hat, als wir zusammen ein Mittagsschläfchen gehalten haben.»

Ich sprang auf wie von der Tarantel gestochen. Und im selben Augenblick erinnerte ich mich wieder: Diese Kazumi und ich, wir waren zusammen im Margeriten-Kindergarten gewesen. Bevor ich nach Morino umgezogen bin, hatte ich in Tokio gewohnt. Und da waren wir im Kindergarten in derselben Gruppe gewesen. Weil ich danach in eine andere Grundschule gekommen war als sie, hatte ich seither nichts mehr von ihr gehört.

Aber Moment mal! Wenn ich jetzt zugebe, daß ich sie kenne, ist alles aus. Dann bin ich für alle nur noch «der kleine Plattfuß-Kazuo» oder gar «der Bettpisser». Ich drehte abrupt den Kopf zur Seite, als wollte ich sagen, mit diesem Kazuo hätte ich nichts zu tun.

«Wirklich? Das ist aber komisch! Weil deine Unterhose naß war, hat meine Mama dir ein Höschen von mir angezogen. Als du dann wieder zu Hause warst, hast du vergessen, dir eine andere Hose anzuziehen. Und auf dem Klo hast du dann geweint, weil du dein Zipfelchen nicht finden konntest: ‹Mein Zipfelchen ist weg!› – Der kleine Kazuo, das bist du, stimmt doch, ja?»

Das war natürlich ein gefundenes Fressen für die anderen. Alle bogen sich vor Lachen; einige konnten sich nicht mehr halten und fielen schon von den Stühlen.

Kazumi hatte sich überhaupt nicht verändert. Sie hatte schon im Kindergarten immer viel geplappert. Ich dachte fieberhaft nach, was ich tun sollte. Jetzt kann ich natürlich erst recht nicht mehr zugeben, daß ich ihr kleiner Kazuo Saito bin. Deshalb schüttelte ich entschlossen den Kopf.

Nur, was die Kazumi ist, die läßt so leicht nicht locker. O Mann, sie legt schon wieder los: «Tu nicht, als wüßtest du von nichts! Du bist der kleine Kazuo Saito, der mit mir in der Eichhörnchen-Gruppe im Margeriten-Kindergarten war! Du bist der kleine

Kazuo, der nach der Mittagsruhe noch halb verschlafen den Napf von Kater Puske leer gegessen hat!»

«Nein, zum Kuckuck noch mal! Das war ein anderer!»

Ich hatte sie angebrüllt. Einen Augenblick lang sah sie mich wütend an. Dann sagte sie leise: «Das war kein anderer», und senkte den Kopf. Große Tränen tropften auf den Boden.

Kazumi hatte ja recht. Es war kein anderer. Ich kann mich auch noch sehr gut erinnern, wie ich mit Kazumi gebadet habe und sie hinterher ihre Mutter bat: «Mama, ich will auch so einen. Kauf mir einen, bitte», und mich am Pimmelchen zog. Den Schmerz werde ich so leicht nicht vergessen.

Aber ich kann ja jetzt nicht sagen: Siehst du, du hast genau solche Sachen angestellt! Damit würde ich nur alles zugeben. Es juckt und man kann sich nicht kratzen – so ein Gefühl war das.

Zum Glück versuchte Fräulein Ono nun, Kazumi zu trösten: «Es kommt schon mal vor, daß man jemanden verwechselt. Auf dieser weiten Welt gibt es viele Leute, die sich ähnlich sehen. Und Kazuo Saito ist ein so häufiger Name… Du hattest diesen Kazuo Saito sicher sehr gern, stimmt's?»

«Ja. Ich hab ihm sogar mal einen Kuß gegeben und ihm versprochen, ihn zu heiraten.»

«Waaaaau!» feixten ein paar Typen. Die Lehrerin versuchte schnell, sie zu beruhigen.

Aber das mit dem Heiraten war gelogen. Ich konnte mich jedenfalls nicht mehr daran erinnern.

Heimlich habe ich gebetet, daß Kazumi wenigstens nicht in meine Nähe gesetzt würde. Aber Michiko

Ono, dieses oberdoofe Exemplar von einer Lehrerin, mußte sie natürlich ausgerechnet genau neben mich setzen!

Kazumi guckte andauernd freudestrahlend zu mir herüber.

Ich gab mir alle Mühe, so zu tun, als würde ich sie überhaupt nicht sehen, was sie aber nicht davon abhielt, mich mit unschuldiger Miene aufzufordern: «Mein lieber kleiner Kazuo, zieh doch mal bitte die Hose runter!»

Ich denk, ich hör nicht recht. Was soll denn das schon wieder? Ich starrte ihr wütend ins Gesicht. Daß sie eine fürchterliche Quasselliese ist, wußte ich ja, aber ich hätte nie gedacht, daß sie so unverschämt sein könnte.

Kazumi redete unbekümmert weiter: «Ich weiß doch, daß du auf einer Pobacke drei Leberflecke in einer Reihe hast, stimmt's?»

«Wie soll ich das wissen?»

«Ja, du hast recht. Schließlich hast du ja hinten keine Augen. Aber ich weiß es. Hör mal, darf ich heut mit zu dir nach Hause gehn? Dann werde ich dir schon beweisen, daß du mein kleiner Kazuo Saito bist!»

«Laß mich in Ruh! Das ist mir piepegal.»

«Mir aber nicht. Ich kann sonst bestimmt heute die ganze Nacht nicht schlafen.»

«Das ist deine Sache.»

«Sei nicht so gemein! Fräulein Ono hat doch gesagt, ihr sollt nett zu eurer neuen Mitschülerin sein.»

«Pah! Eine neue Mitschülerin, die ist normalerweise brav und schüchtern, die tut nicht gleich so intim wie du.»

«Ist doch nichts dabei. Wir kennen uns doch schon ewig. Außerdem habe ich noch niemandem von unserem Geheimnis erzählt.»

«Geheimnis? Was für ein Geheimnis?»

Ich sah sie erschrocken an. Kazumi schaute sich vorsichtig um, dann flüsterte sie mir ins Ohr: «Daß du meine Oma ermordet hast!»

«Was?»

Mit einem Satz stand ich auf den Beinen. Ehrlich gesagt, ich hätte echt vor Schreck fast in die Hose gepinkelt.

Ich wollte etwas sagen, war aber so geschockt, daß ich kein vernünftiges Wort herausbrachte.

Ja! Das hatte ich ganz vergessen. Das heißt, ich hatte mir eingeredet, daß ich es vergessen hätte.

Das war in dem Herbst gewesen, bevor wir in die Schule kamen. Eines Tages bin ich nach dem Kindergarten direkt mit zu Kazumi nach Hause gefahren. Seltsamerweise wartete Kazumis Mutter an dem Tag nicht wie sonst immer an der Haltestelle auf den Kindergartenbus. Deshalb liefen wir allein zu Kazumis Haus. Nur Kazumis Oma war da. Sie saß in einem Korbstuhl auf der Veranda und schlief mit weit geöffnetem Mund. Wir sahen, wie eine dicke Fliege zu ihrem Mund rein- und rauskrabbelte. Kazumi rüttelte aus Leibeskräften an ihrer Oma, um sie zu wecken. Aber die wachte nicht auf. Da versuchte sie, ihrer Oma wenigstens den Mund zuzumachen. Aber der ging nicht zu. Und weil Kazumi sagte: «Was soll ich bloß machen? Die dreckige Fliege soll nicht in Omas Mund rumklettern», sah ich mich auf der Veranda um.

«Ah, ich hab eine Idee», sagte ich, nahm die Dose

mit Insektenvertilgungsmittel, die ich in einer Ecke entdeckt hatte und sprühte ein paarmal kräftig in Omas Mund.

Dann gingen wir in den Garten und schaukelten eine Weile, bis Kazumis Mutter heimkam, ganz blaß im Gesicht, mich zu sich rief und sagte, die Oma sei eben verstorben, ich solle ein anderes Mal wieder zum Spielen kommen.

Kurz darauf kam meine Mutter mich abholen, und ich ging mit ihr nach Haus.

Nach einer vollen Woche kam Kazumi zum ersten Mal wieder in den Kindergarten und sagte zu mir: «Du bist schuld, daß meine Oma gestorben ist. Du hast ihr das Fliegengift gegeben. Aber das ist unser Geheimnis. Ich sag es keinem weiter.»

Da bekam ich es furchtbar mit der Angst zu tun und bin auf der Stelle vom Kindergarten ausgerissen, gelaufen, gelaufen, bis nach Haus. Ich wollte die Sache so schnell wie möglich vergessen und habe mir alle Mühe gegeben, nicht mehr daran zu denken. Bis ich schließlich selber glaubte, ich hätte alles vergessen. Aber die Sache mußte doch irgendwo ganz hinten in meinem Gedächtnis hängengeblieben sein. Vielleicht hat es etwas damit zu tun, daß ich seit der Zeit keine Fliegen mehr ertragen konnte. Natürlich gibt's wohl keinen, der Fliegen mag, aber bei mir war das viel schlimmer. Wenn zum Beispiel eine Fliege im Klassenzimmer war, hat mich das dermaßen genervt, daß ich vom Unterricht nichts mehr mitbekam. Und wenn mal eine Fliege über dem Mittagessen schwirrte, bekam ich keinen Bissen mehr runter. Ich verstand selbst nicht warum.

Außerdem habe ich nie wieder Insektenvertilgungsmittel angerührt. Irgendwie war mir das widerlich. Wenn ich es aber doch einmal unabsichtlich angefaßt hatte, mußte ich mir mindestens eine halbe Stunde lang die Hände waschen, sonst hatte ich keine Ruhe. Jetzt wurde mir der Grund dafür endlich klar.

Ich war kreidebleich geworden. Vorsichtig sah ich Kazumi ins Gesicht. Wenn ich ehrlich sein soll, muß ich zugeben, daß Kazumi bestimmt zu den hübschesten Mädchen unserer Klasse gehört: große Augen, lange Wimpern, die Brüste gerade richtig, lange Beine. Aber für mich war sie nichts weiter als eine verhaßte alte Hexe.

«Und, was soll das heißen?»

«Nichts weiter, nur daß wir wieder Freunde werden, so wie früher.»

«Hör auf, Freunde kannst du dir woanders suchen. Und bessere als mich. Die gibt's wie Sand am Meer. Viel bessere als mich.»

«Du hast gut reden. Ich kenne doch sonst keinen hier.»

«Ich kenn dich doch auch nicht!»

Ich spielte zu dem Zeitpunkt immer noch den Ahnungslosen, obwohl ich wußte, daß früher oder später alles rauskommen mußte. Irgendwann hatte Fräulein Ono mal im Gesellschaftskundeunterricht gesagt, daß ein Mord erst nach zwanzig Jahren verjährt. Weiß der Himmel, wieso ich mir das gemerkt habe. Bestimmt,weil ich unbewußt doch irgendwie mit der Sache beschäftigt war.

«Pah, sag nur, du wüßtest von nichts! Ich brauche nur deine Mutter zu fragen, dann wissen wir sofort

Bescheid. Als wir noch im Kindergarten waren, habe ich mit deiner Mutter ausgemacht, daß ich dich mal heirate.» Sie kicherte.

Alle sahen zu uns rüber und grinsten. Und Kenji Sakui, der Idiot, brüllte so laut, daß es ja jeder hörte: «Jetzt wissen wir's! Der kleine Saito ist also ein Plattfüßer, ein Bettnässer, und sein Pimmelchen hat er auch verbummelt!»

Alle brüllten vor Lachen, nur mir war eher zum Weinen zumute. Seit der Sache sind erst sechs Jahre vergangen. Und um an diese Verjährung zu kommen, fehlen mir noch ganze vierzehn Jahre. Mußte diese Kazumi auch ausgerechnet in meine Schule kommen! Wenn ich nur daran dachte, welches Unheil da in der nächsten Zeit auf mich zukommen mußte, wäre ich am liebsten gestorben.

Daß die redselige Kazumi die Sache noch nicht ausgeplaudert hatte, könnte allerdings bedeuten, daß sie mich schon ziemlich gern haben mußte. Oder aber – halt mal! Da erinnerte ich mich, wie die Geschichte weitergegangen war.

Die Oma hielt den Mund noch immer sperrangelweit geöffnet, obwohl ich ihr Fliegengift reingesprüht hatte. Kazumi sagte, wir müßten ihr den Mund unbedingt zumachen und haute ihr mit einem dicken Spielzeughammer aus Holz auf die Kinnspitze. Das unangenehm knirschende Geräusch habe ich jetzt noch im Ohr. Das war's! Gut möglich, daß die Oma sich dabei die Zunge abgebissen hatte und daran gestorben war. O ja, genau deshalb hatte Kazumi, dieses Miststück, keinem davon erzählt!

Bei dem Gedanken fühlte ich mich unheimlich erleichtert, aber ich hatte keine Lust, jetzt hier mit Kazumi darüber zu streiten.

Sie hatte sich in den Kopf gesetzt, nach Schulschluß auf jeden Fall mit mir nach Hause zu gehn.

Ich gab ihr keine Antwort.

«Ist gut. Wenn du mich nicht mitnimmst, frage ich eben jemand anderen nach dem Weg. Hinkommen tu ich so oder so.»

«Dann verpetz ich dich, weil du nach der Schule nicht gleich heimgehst.»

Normalerweise war Petzen nicht gerade meine Art, aber mir fiel einfach nichts Besseres ein. Kazumi ließ sich davon jedoch überhaupt nicht beeindrucken, sondern eröffnete mir vergnügt: «Vorhin in der Pause habe ich von dem öffentlichen Telefon neben dem Lehrerzimmer aus meine Mutti angerufen und ihr Bescheid gesagt. Tut mir leid für dich, aber es ist alles okay. Mutti hat sich sehr gefreut und läßt dich und deine Mutter herzlich grüßen. Sobald sie die Wohnung fertig eingeräumt hat, will sie selbst auch einmal deine Mutter besuchen gehen, hat sie gesagt.»

Wirklich zum Verrücktwerden, dieses Weib! Heutzutage kann ich mir gar nicht mehr vorstellen, wieso ich damals im Kindergarten in die so verknallt war. Ich beschloß, ihr so ordentlich eins auszuwischen, daß sie ein für allemal genug von mir hätte.

Nach dem Unterricht verließ ich rasch das Klassenzimmer, ohne sie auch nur im geringsten zu beachten. Kazumi rannte mir natürlich hinterher und holte mich am Ausgang ein. Sie zeterte los, nein, sie trällerte eigentlich eher wie eine Opernsängerin. «Kazuolein, warte doch! Nimm mich mit! Ich geh mit, hörst du, ich geh mit, ich geh mit, ich geh mit, ich geh miiiit!»

Das hält ja der stärkste Mann nicht aus! Soll sie doch hingehn, wo sie will, zum Kuckuck noch mal!

Ich mußte ihr auf jeden Fall aus dem Weg gehn, damit ich nicht noch weiter in die Sache reingezogen würde. Aber es war schon zu spät. Die Jungen aus unserer Klasse umringten mich hämisch grinsend, und eine Gruppe von Mädchen guckte abwechselnd Kazumi und mich spöttisch an, als wollten sie sagen: ein schönes Pärchen, die zwei!

Ich lief los, raus auf den Schulhof. Sofort rannte Kazumi hinter mir her, holte mich ein und lief genau im Gleichschritt neben mir mit. Blieb ich stehen, blieb Kazumi auch stehen. Ging ich weiter, ging sie auch weiter. Und die ganze Klasse immer schön hinter uns her.

Da blieb ich ganz plötzlich stehn. Kazumi, die zu spät reagierte, ging ein, zwei Schritte voraus. Ich ergriff die Gelegenheit und riß ihr von hinten den Rock hoch.

Jedes Mädchen, dem man unter den Rock gucken will, kreischt normalerweise auf und hockt sich schnell schützend auf den Boden, nur Kazumi sagte seelenruhig: «Willst du schon wieder ein Höschen von mir anziehn? Ich kann dir gern eins leihen. Heute habe ich nämlich zwei übereinander an.»

Als wäre es das Selbstverständlichste von der Welt, fing sie an, ihr oberes Unterhöschen vor aller Augen auszuziehen.

«Sag mal, schämst du dich denn überhaupt nicht?»

Den Sittenapostel spiele ich sonst eigentlich nicht, aber ich wollte versuchen, sie damit wieder zur Vernunft zu bringen. Es schien allerdings keinen Eindruck auf sie zu machen, denn sie sagte mir frech ins Gesicht: «Ha, das mußt gerade du sagen, du Ferkel! Will meine Unterhose anziehen...»

«Schwachsinn! Wann hab ich denn so was gesagt?»

«Was ist los? Genauso hast du doch aus den Augen geguckt, als du mir den Rock gelüpft hast!»

Das ging zu weit! Ohne mich umzusehn, flitzte ich los, zum Schultor hinaus. (Das ist übrigens noch eine meiner wenigen Qualitäten: Im Laufen bin ich fast unschlagbar.) Ich lief und lief aus vollen Kräften, immer weiter und weiter, soweit der Atem reichte, ohne mich umzusehen, egal wohin, nur ja nicht in Richtung auf unser Haus. Dabei hatte ich nur einen Gedanken im Kopf: Hoffentlich begegne ich ihr heute kein zweites Mal!

Statt wie sonst immer nach links aus dem Schultor zu gehen, war ich nach rechts gerannt, bog noch mal rechts ab, preschte einen Hügel hinunter, wo ich links in einen schmalen Weg einbog und allmählich auslief.

Bis vor kurzem war hier noch der «Wald der wundersamen Verwandlung» des Schutzgottes Jizo gewesen. Solche Steinfiguren des Schutzgottes Jizo, der Reisende, Kinder und Schwangere schützen soll, gibt es ja überall. Man erzählt sich aber, daß dieser Jizo hier ein junges Mädchen gerettet hat, das von bösen Buben verfolgt worden war. Er verwandelte sich blitzschnell in das Mädchen und lief in den Wald hinein, die Strolche natürlich hinterher. Das Mädchen aber konnte inzwischen entkommen.

Als ich nun hinschaute, erschrak ich. Vom «Wald der wundersamen Verwandlung» gab es keine Spur mehr. Zwar stand am Wegrand noch immer die Statue des Schutzgottes Jizo, aber der Wald war spurlos verschwunden. Dafür standen kleine Fertighäuser in Reih und Glied da.

Ja, gibt's denn so was? Voriges Jahr im Frühling waren wir doch noch mit der Schulklasse da und haben den Wald gemalt.

Ich konnte jetzt nicht mit Staunen die Zeit vertrödeln. Kazumi war mir womöglich dicht auf den Fersen. Irgendwie fühlte ich mich wie das Mädchen, das damals von den bösen Buben verfolgt worden war. Wäre das schön, wenn der Gott Jizo sich jetzt in mich verwandeln und statt meiner davonlaufen würde!

Ich blickte zurück auf den Weg, den ich eben gekommen war. Zum Glück war von Kazumi nichts zu sehen. Noch mal gutgegangen!

Ich setzte mich auf den Sockel der Steinfigur, um Atem zu schöpfen. Da hörte ich plötzlich eine Stimme über meinem Kopf: «Kazuolein, woher wußtest du denn, daß ich hier wohne?»

O nein! Es war wahrhaftig Kazumi, die vom Zaun auf dem neu angelegten Steinwall hinter der Statue zu mir herabschaute. Ich hätte mich prügeln können vor Wut über meine eigene Dummheit. Davon schien Kazumi aber nichts zu merken, denn sie rief mir fröhlich zu: «Warte, ich komm zu dir runter!»

Komm nur, dir werd ich's zeigen! Mit Unschuldsmiene wartete ich, daß sie sich der Statue näherte. Erst als sie direkt vor meinen Augen war, stieß ich mich vom Sockel der Statue ab und warf mich mit aller Kraft gegen sie.

Das hätte ich besser nicht getan.

Der Aufprall war so hart, als wäre ich gegen die

Steinfigur des Schutzgottes gestoßen. Ich machte eine Rolle rückwärts und krachte mit dem Schädel gegen den Sockel der Statue. Dann wurde es dunkel um mich herum.

Als ich wieder zu mir kam, lag ich in einem fremden Bett, im Zimmer eines fremden Hauses. Oder? War das nicht etwa…?

Kein Zweifel. Das mußte das Haus von Kazumi Saito sein.

Ich war in Kazumis Zimmer. Auf dem Schreibtisch lag eine Tasche mit ihrem Namensschild, und daneben hing der Beutel mit ihrem Turnzeug, da stand auch ihr Name drauf.

He, warte mal, das könnte bedeuten, daß sie mir eine von ihren geblümten Unterhosen angezogen hat!

Meine böse Vorahnung bestätigte sich. Und nicht nur die Blümchenhose, sie hatte mir sogar ihren orangefarbenen Rock angezogen.

Sie hat mich reingelegt!

Ich sprang auf, um meine eigenen Kleider und meine Schultasche zu suchen. Nirgendwo zu finden! In der Kommode, im Kleiderschrank – überall nur Kazumis Sachen!

Halb verrückt stürzte ich aus Kazumis Haus auf die Straße. Nur ein Glück, daß es anfing dunkel zu werden und kaum Leute unterwegs waren. Die hätten bestimmt groß geguckt: ein Junge in Mädchenkleidern!

Ich raste, so schnell mich die Füße trugen, zurück nach Hause.

«Was ist das heute bloß für ein Tag! Den ganzen Tag renne ich in der Gegend rum, und alles bloß wegen der! Warte nur, Fräulein, wenn ich dich das nächste Mal erwische, dann hau ich dir ohne Vorwarnung eine rein», fluchte ich vor mich hin.

Außerdem nervte mich dieser dämliche Rock, weil es ganz schön vom Hintern her reinzog.

Endlich zu Hause angekommen, rief ich: «'n Abend!» Dabei kam mir meine Stimme so seltsam hoch vor.

Mutter kam mit einem mißtrauischen Gesicht aus dem Eßzimmer. Ich wollte wie immer an ihr vorbei in mein Zimmer entwischen, aber sie hielt mich am Arm fest.

«Wer bist du denn?»

«Hah? Wer ich bin? Na, dann guck mich mal richtig an! Erkennst du mich wegen dem blöden Rock etwa nicht mehr?»

Wieder klang meine Stimme so hoch, als wenn ich einen Frosch im Hals hätte, aber ich störte mich nicht weiter dran, schüttelte den Arm meiner Mutter ab und stürmte in mein Zimmer, wo ich eine Schublade aufriß. Ich wollte mich umziehen.

Mutter, die mir von hinten zusah, fing plötzlich fürchterlich an zu kreischen: «Was fällt dir ein! Hör auf, in einem fremden Haus rumzuwühlen!»

Damit hatte ich nicht gerechnet. Erschrocken drehte ich mich um und sah ihr ins Gesicht. Mit drohender Miene stand sie da, ganz blau angelaufen. Unter ihren Augen zuckte es nervös.

«Mama, nun überteib nicht! Das ist doch wohl albern, den eigenen Sohn nicht wiederzuerkennen, nur weil er einen Rock anhat!» Obwohl ich mich mehrmals räusperte, wollte sich meine Stimme nicht bessern.

Mutter guckte mir forschend ins Gesicht. Dann sagte sie langsam: «Also hör mal bitte zu, Kindchen! Die Tante will dir ja gar nichts Böses.»

Ich traute meinen Ohren nicht. Was sollte das heißen, dem eigenen Sohn gegenüber von sich selbst als «Tante» zu sprechen?

«Alles klar, Tantchen», versuchte ich sie zu necken. Aber sie ging nicht darauf ein, sondern machte ganz unverhohlen ein angewidertes Gesicht. Da versuchte ich es damit, sie anzulachen, was sie aber nur noch mehr in Wut brachte. Am ganzen Körper zitternd stieß sie mit verzerrtem Gesicht hervor: «Wenn du nicht gleich aufhörst, rufe ich die Polizei!»

Sie begann zu schluchzen.

Ich war überzeugt, daß sie durch einen Schock oder so was Ähnliches das Gedächtnis verloren hatte. Sie guckte mich aber auch wirklich an, als hätte sie mich noch nie gesehen. Eine schöne Bescherung war das!

Nun versuchte ich es auf die sanfte Art: «Mama, bitte, beruhige dich! Sieh mich mal ganz genau an. Ich bin's doch, Kazuo Saito, dein Sohn! Erkennst du mich?»

«Laß den Unsinn! Du willst mein Sohn sein? Du bist doch ein Mädchen!»

«Hä?»

«Jedenfalls bist du nicht mein Sohn. Schau dich mal im Spiegel an, dann kannst du selbst feststellen, ob du unser Sohn bist oder nicht.»

Mutter sagte schon reichlich komisches Zeug, fand ich, aber ich ging zum Kleiderschrank und öffnete die Tür, auf deren Innenseite ein großer Spiegel angebracht war. Ich blickte hinein und schrie auf: «Was machst du denn hier, verdammtes…»

Weiter kam ich nicht. Ich schluckte. Was ich da im Spiegel sah, war das Abbild dieser verhaßten Kazumi Saito! Nur ich selbst war nirgends zu sehen. Und wenn ich redete, bewegte Kazumi den Mund. Halb verrückt suchte ich mich überall im Spiegel. Nichts! Von mir keine Spur!

Ich bin also Kazumi Saito!!!

Ich drehte den Kopf. Die Kazumi im Spiegel drehte auch den Kopf. Das kann doch nicht wahr sein! Die da im Spiegel ist Kazumi Saito, das steht schon mal fest. Aber wo bin ich, ich, Kazuo Saito?

«Mama, hör mir mal gut zu. Die da im Spiegel, das bin ich nicht wirklich. Die im Spiegel ist Kazumi Saito. Erinnerst du dich? Die Kazumi Saito, die mit mir zusammen in derselben Gruppe im Margeriten-Kindergarten war. Aber ich bin in Wirklichkeit Kazuo Saito.»

«Ach so! Das ist des Rätsels Lösung», sagte Mutter und lachte schallend los. «Du bist mir gleich irgendwie bekannt vorgekommen. Jaja, du bist die kleine Kazumi! Im Gesicht siehst du dir noch ähnlich, aber sonst bist du ja eine richtige junge Dame geworden. Auf der Straße hätte ich dich bestimmt nicht wiedererkannt. Ahahahaha! Du hast mir damals schon so manchen Streich gespielt und mich zu Tode erschreckt. Ein Junge wie Kazuo wolltest du werden, hast du immer gesagt. Hahahaha!»

Was war eigentlich mit mir geschehen? An den Reaktionen meiner Mutter versuchte ich die Lage einzuschätzen. Sie schien restlos überzeugt, daß ich Kazumi Saito wäre, und führte mich ins Eßzimmer, wo ich mich setzen sollte und Kakao und Plätzchen angeboten bekam.

«Aber woher hast du eigentlich gewußt, wo Kazuo wohnt? Hat er es dir selbst gesagt?»

Zur Vorsicht wollte ich lieber nicht antworten, deshalb nippte ich an meinem Kakao.

«Komisch, er lädt dich zu sich ein und treibt sich selbst noch draußen herum. Sonst ist er um die Zeit immer längst zu Hause. Wo er nur steckt? Sag mal, wo hast du Kazuo eigentlich getroffen?»

Hier hielt sie inne und wandte ihren Blick verstört von mir ab. Als sei es ihr peinlich, setzte sie zögernd wieder an: «Weißt du, Kazumi, nimm es mir bitte nicht übel. Ich kenne dich ja noch von früher, deshalb kann ich dir das vielleicht sagen. Du verstehst bestimmt, was ich meine. Also, du bist doch jetzt schon im sechsten Schuljahr, eine richtige kleine Dame. Da benimmt man sich doch ordentlich und setzt sich nicht so hin wie du!»

Auf ihre Worte hin blickte ich ahnungslos an mir hinunter. Und zuckte unwillkürlich zusammen. Ich saß wie üblich im Schneidersitz auf dem Stuhl – nur daß der Rock sich hochgeschlagen hatte und den Blick auf meine nackten Oberschenkel und das Dreieck einer kleingeblümten Unterhose freigab.

«Deshalb wollte ich mich ja vorhin umziehen.»

«Ja, aber Kazuo hat doch nur Jungenkleidung.»

«Das macht nichts!»

«Wenn du meinst, bitte sehr! Du kannst gerne etwas von ihm geliehen haben. Seine Sachen sind in der Kommode in dem Zimmer, wo du vorhin warst, du weißt schon, ja?»

Im Nu war ich in meinem Zimmer, öffnete die Schubladen der Kommode und nahm ein Unterhemd, eine

Unterhose, Shorts aus Jeansstoff und ein dünnes Sporthemd heraus. Während ich mir den Oberkörper freimachte, streifte mein Blick zufällig meine Brust. Ich fuhr in die Höhe, als hätte ich eine Hochspannungsleitung berührt. Hilfe! Meine Brust ist ja ganz geschwollen! Was mach ich bloß?

Kurz entschlossen ergriff ich die Brüste mit beiden Händen und knetete kräftig drauflos.

«Aua!»

Nein, das war keine einfache Schwellung. Das war auch keine Mehl- oder Lehmkugel, die man einfach mit den Händen zerkrümeln könnte.

Das hieße also, das muß...

Ich schloß die Augen und ließ meine Hände am Unterkörper hinunter ins geblümte Unterhöschen gleiten.

«Nichts! Nichts! Nichts!!!»

Das war das Schlimmste, was mir passieren konnte: Mein guter Pipimann war weg! Oh, verdammt! Was soll ich nur machen?

Das war nicht mein Körper. Das war der Körper von Kazumi Saito! Hastig zog ich mich um. Aber richtig bedacht, nützte das ja auch nichts. Allein mit der Kleidung kann ich keinen Jungen aus mir machen. Also zog ich mir wieder die Mädchenkleider an. Weil ich sie vorhin so heftig geknetet hatte, schmerzten mir die Brüste, und die Brustwarzen brannten.

Moment mal. Wenn ich Kazumis Körper bekommen habe, dann muß das bedeuten, daß sie jetzt mit meinem Körper herumläuft. Und ich sitze hier tatenlos rum! Ich muß sie sofort finden und die Sache irgendwie wieder in Ordnung bringen.

«Mama, ich geh mal schnell zu Kazumi!»

Mit einem Satz sprang ich aus dem Haus, schwang mich auf das Fahrrad, das neben der Haustür lehnte, und preschte los zu Kazumis Haus. Gerade als ich den Klingelknopf an ihrer Haustür drücken wollte, hörte ich vom Garten her ein lautes Schluchzen. Ich ging ums Haus nach hinten und schlich mich näher. Du liebe Zeit! Was war denn da los?

Was ich durchs Wohnzimmerfenster sah, brachte mich aus der Fassung. Ich saß dort auf dem Sofa und heulte. Dort saß ich, Kazuo Saito, und heulte so laut und so hemmungslos, daß man sich schämen mußte.

Ehe ich mich versah, hatte ich die Terrassentür zum Wohnzimmer aufgemacht und brüllte: «Idiotin, verdammt noch mal, hör mit der Heulerei auf! Wie sieht denn das aus!»

Ich stand vom Sofa auf. Nein, das heißt – seht ihr, hier wird's kompliziert – die Kazumi in meinem Körper stand vom Sofa auf und fiel mir – also dem Kazuo mit dem Körper von Kazumi – unvermittelt um den Hals.

«Oooh, da bin ich ja wieder, da bin ich ja wieder!» rief die Kazumi mit der Jungenstimme und streichelte zärtlich überall an mir herum, daß ich vor Ekel eine Gänsehaut bekam. «Hör auf!»

Ich stieß Kazumi, das heißt, die zu Kazuo gewordene Kazumi, von mir fort.

«Kazumi, sei nicht so grob!» donnerte eine Stimme hinter meinem Rücken. Ich drehte mich um. Es war Kazumis Mutter. Seit dem Kindergarten, also seit über fünf Jahren, hatte ich sie nicht gesehen, aber ich erkannte sie gleich. Sie hatte sich kaum verändert. Ich grüßte sie freundlich: «Ah, Frau Saito, wirklich nett,

Sie wiederzusehen! Wie geht's? Sie haben sich gar nicht verändert. Dabei ist meine Mutter ziemlich in die Breite gegangen in der letzten Zeit.»

Im selben Augenblick kam Kazumis Mutter, von ihrer Wut beflügelt, buchstäblich angeflogen und ohrfeigte mich, daß mir Hören und Sehen verging. «Treib den Unfug nicht zu weit!»

Ich war sprachlos. Da habe ich sie doch bloß ganz höflich begrüßt, und sie haut mir ein paar runter, ist das denn menschenmöglich, dachte ich bei mir. Einen Moment glaubte ich, das müßte ein Alptraum sein. Allerdings bewiesen mir meine vor Schmerz brennenden Backen nur allzu deutlich, daß ich leider hellwach war. Ich sagte zu Kazumi, also Kazumi mit meinem Körper, die mit beleidigter Miene wieder auf dem Sofa saß: «Die ist ja richtig gefährlich, deine Mutter. So sieht sie gar nicht aus.»

«Jetzt ist endlich Schluß!»

Kazumis Mutter kam schon wieder auf mich zu. Aber ich wollte mir das nicht noch einmal bieten lassen, sprang blitzschnell zur Seite, entwischte ihr, lief in den Garten, ums Haus herum zum Eingang, schwang mich aufs Fahrrad und trat in die Pedale.

«Warte!»

Im Licht der Straßenlaterne verwandelte sich das Gesicht von Kazumis Mutter in die furchterregende Maske einer Rachegöttin. Sie rannte hinter mir her, dicht gefolgt von Kazumi, die immer noch flennte. Als ich mich endlich sicher fühlte, hielt ich an und schaute zurück. Kazumis Mutter schien die Verfolgung aufgegeben zu haben und verschwand eben im Gartentor, während Kazumi laut heulend angelaufen kam.

«Kazuo, was soll ich nur tun?» Sie schluchzte immer noch.

«Woher soll ich das denn wissen, verdammt! Sicher ist nur, daß unsere Körper vertauscht sind.»

«Mama hat zu mir, ihrer eigenen Tochter, gesagt: ‹Geh schnell wieder nach Haus!›»

«Na, ist ja kein Wunder, wo du doch aussiehst wie ich.»

«Aber ich weiß ja nicht mal, wo du wohnst!»

«Ach so. Na, komm, ich bring dich hin. Steig hinten aufs Fahrrad!»

Sie setzte sich ängstlich seitwärts auf den Gepäckträger.

«Nicht so! Mach die Beine auseinander und setz dich gerade drauf. Halt dich gut an mir fest!»

Kazumi setzte sich nun rittlings auf den Gepäckträger und schlang von hinten die Arme um meine Brust.

«He, laß das, die Brustwarzen brennen mir so schon. Nimm die Hände weiter runter!»

Im selben Moment fühlte ich, wie sie mit der flachen Hand auf meinen Rücken einschlug. «Lustmolch! Du hast an meinen Brüsten rumgespielt!»

«Wie bitte? Was heißt hier ‹meine Brüste›? Sicher waren das mal deine, aber jetzt habe ich sie, ist das klar? Die kannst du geschenkt haben, wenn dir soviel daran liegt, aber dann gib mir auch meinen Pipimann zurück!»

«Sittenstrolch, dämlicher! Du bist ja anormal, pervers! Idiot!»

Dabei trommelte sie mit den Fäusten wie wild auf meinen Rücken.

«He, halt still! Wie soll ich denn da fahren?»

Ich trat in die Pedale und fuhr schlingernd an. Kazumi hinter mir beruhigte sich allmählich. Plötzlich fühlte ich, wie mein Rücken seltsam heiß wurde. Kazumi hatte ihr Gesicht an meinen Rücken gedrückt und weinte.

Ich hätte am liebsten mitgeweint.

Mit Kazumi hinten auf dem Gepäckträger radelte ich verbissen durch die abendlichen Straßen.

Es war schon ein komisches Gefühl, Kazumi zu «mir nach Hause» zu bringen. Und wo sollte ich dann eigentlich hin?

Plötzlich spürte ich den süßlichen Duft von Aprikosenblüten. Ein Ast hatte meine Nase gestreift.

Da! Kurz vor uns bremste quietschend ein Fahrrad aus der Gegenrichtung. Es war ein Polizist!

«Na, na, na, zwei auf einem Fahrrad, und auch noch die Frau am Steuer!»

«Ja, wissen Sie, seine Mutter liegt im Sterben», log ich auf gut Glück.

«Ach so, da kann man nichts machen. Eigentlich dürfte ich das ja nicht erlauben, aber da wollen wir mal eine Ausnahme machen. Paßt aber schön auf!»

Der Polizist lächelte mir freundlich zu. Das überraschte mich zuerst, aber dann fiel mir ein, daß erwachsene Männer bei Mädchen oft ein Auge zudrücken. Ich lächelte ebenso freundlich zurück und bedankte mich höflich: «Recht vielen Dank!»

Er gab mir ein Zeichen, schnell weiterzufahren.

Aha. Das werde ich mir merken. Den Trick kann ich vielleicht anwenden, wenn's mal brenzlig wird.

Vor meinem Haus hielt ich an und fragte Kazumi: «So, da wären wir. Was willst du jetzt tun?»

«Ja, was soll ich jetzt tun?» fragte sie mutlos zurück.

«Jedenfalls können wir nicht ewig hier draußen stehenbleiben. Komm erst mal mit rein, dann bereden wir die ganze Sache.»

Auf mein Klingeln kam Mutter heraus. Als sie Kazumi sah, fragte sie scharf: «Wo hast du dich bis jetzt rumgetrieben? Weißt du eigentlich, wie spät es ist?»

Ich versuchte zu erklären: «Hör auf, Mama, du verwechselst uns. Paß mal gut auf: Das da ist Kazumi, und ich bin Kazuo.»

Mutter sah mich an und lachte nervös. «Meine liebe Kazumi, willst du wohl jetzt endlich mit dem Theater aufhören! Sieh mal, wie dunkel es schon ist! Du gehst jetzt besser nach Hause. Deine Eltern machen sich bestimmt schon Sorgen.»

«Mama, du verstehst mich nicht!»

Ich wollte alles dransetzen, um ihr diese komplizierte Sache verständlich zu machen. Aber in dem Moment heulte Kazumi los und hockte sich im Flur nieder.

«Kazuo, was ist denn? Kazuo, so hör doch!»

«Nein, Mama, das ist Kazumi, versteh doch endlich!»

Da sah Mutter mich wütend an und sagte: «Liebe Kazumi, es tut mir leid, aber geh jetzt nach Haus!» Damit schlug sie mir die Haustür vor der Nase zu.

Genau, das war's! Weil ich nun mal in Kazumis Körper steckte, blieb mir keine andere Wahl, als zu ihr nach Hause zu gehen.

Nur hatte ich keine allzugroße Lust, mich wieder ohrfeigen zu lassen. Ich hätte nie gedacht, daß Kazumis Mutter so eine schreckliche Furie sein könnte.

Allerdings hatte ich einen Hunger wie ein Wolf. Es nützt alles nichts, dachte ich, stieg aufs Fahrrad und fuhr los zu Kazumis Haus.

In der Nähe der Bushaltestelle kurz vor Kazumis Haus rief mich plötzlich jemand an: «He, Kazumi!»

Ich bremste, stieg ab und musterte den jungen Mann im Schein der Straßenlaterne. Der Schuluniform nach schien er ein Oberschüler zu sein.

«Was glotzt du mich so an? Hast du vergessen, wie dein eigener Bruder aussieht?»

Richtig, jetzt erinnerte ich mich. Kazumi hatte zwei Brüder, die damals beide in der Grundschule waren.

«Ach so, du bist der Bruder?»

«Na, wer denn sonst, spinnst du? Und wie bist du eigentlich an das Fahrrad gekommen?»

«Das? Na ja, das habe ich von Kazuo Saito, mit dem ich zusammen im Kindergarten war, weißt du, der hat es mir geliehen.»

Mir lief ein Schauder über den Rücken bei dem Gedanken, daß ich jetzt sein liebes kleines Schwesterchen zu spielen hatte.

«Ach so! Na gut, komm, ich fahr dich heim!»

Er nahm mir einfach die Lenkstange aus der Hand. Ohne ihm zu widersprechen, stieg ich rittlings auf den Gepäckträger. Kazumis Bruder sah mir kopfschüttelnd zu.

«Sag mal, Kazumi, seit wann kannst du eigentlich Fahrrad fahren?»

«Hm? Ooch, seit heute.»

«Alle Achtung!»

Als wir vor Kazumis Haus angekommen waren, sprang ich vom Gepäckträger – und zögerte.

«Was stehst du denn da rum? Reichlich komisch bist du heute.» Kazumis Bruder wunderte sich. «Hast du zu Hause Ärger gehabt?»

«Hm!»

«Das ist man sonst gar nicht gewöhnt bei dir. Na, überlaß die Sache ruhig mir!» Er machte die Haustür auf und brüllte: «Mama, ich hab Kazumi heimgebracht. Ich weiß nicht, was sie verbrochen hat, aber sei ihr nicht mehr bös!»

Daraufhin erschien Kazumis Mutter in der Tür, immer noch zornrot, aber als sie sah, daß ich schweigend den Kopf hängen ließ, sagte sie nur: «Beeil dich, wasch dir die Hände und geh ins Eßzimmer!»

Woher soll ich denn wissen, wo das Waschbecken ist?

Ich heftete mich kurz entschlossen an die Fersen des Bruders, der zur Treppe ging.

«Was willst du denn hier? Dein Zimmer ist doch im Erdgeschoß!»

«Ja, ich will mir nur die Hände waschen...»

«Na, dann wasch sie dir doch!»

Ich irrte noch eine Weile herum, bis ich das Waschbecken gefunden hatte, wusch mir die Hände und gelangte endlich ins Eßzimmer. Dort saß wieder ein anderer Junge, er mußte so um die dreizehn, vierzehn sein, und guckte fern. Das war bestimmt der jüngere der beiden Brüder. Da er mich ansah, verbeugte ich mich höflich.

«Was ist denn in dich gefahren?» fragte er verblüfft.

«Wieso?»

«Du bist vielleicht komisch! Verbeugt sich vor ihrem eigenen Bruder wie vor einem Fremden. Was soll das?»

Ich merkte, wie ich die Fassung verlor.

«Guckt euch nur die Kazumi an! Die wird ja ganz rot vor Scham!»

Am liebsten wäre ich auf der Stelle im Boden versunken. Da entdeckte ich auf dem Tisch ein chinesisches Pfannengericht aus Hühnerfleisch, Porree, Chinakohl und Pilzen und dazu eine Miso-Suppe mit Tofu.

Inzwischen war der ältere Bruder von der oberen Etage heruntergekommen und sagte: «Mama, stell dir vor, Kazumi hat mit einem Mal radfahren gelernt.»

«Ja, ich weiß. Außerdem benimmt sie sich wie ein Junge, flucht, spielt mir üble Streiche und macht sich über mich lustig! Ganz schlimm war das heute!»

«Was? Unsere Kazumi?»

Die beiden Brüder sahen mich ungläubig an.

«Papa kommt heute spät heim; wir brauchen nicht auf ihn zu warten. Bitte, fangt an!»

«Guten Appetit!»

Da ich einen Mordshunger hatte, langte ich tüchtig zu. Irgendwann fiel mir auf, daß es seltsam still war. Ich blickte auf. Alle hatten aufgehört zu essen und sahen mir zu.

Hm? Klebt mir vielleicht ein Reiskorn im Gesicht? Unauffällig wischte ich mir mit der Hand über den Mund. Kein Reiskorn zu fühlen.

«Was ist?» fragte ich Kazumis Mutter.

«Das möchte ich dich fragen, Kazumi! Weißt du, ich bin ja wirklich froh, daß du nicht mehr soviel plapperst und plötzlich sogar Pilze ohne Murren ißt. Nur, deine Art zu essen macht mir Sorgen. Es nimmt dir keiner etwas weg, deshalb könntest du dich beim Essen vielleicht ein bißchen wie eine junge Dame benehmen und nicht alles so herunterschlingen. Und schlürf die Suppe gefälligst nicht so laut, hast du verstanden?»

«Ja. Es tut mir leid.»

Ich bemühte mich nun nach bestem Vermögen, langsam und gesittet zu essen. Es dauerte jedoch nicht lange, da hatten wieder alle drei die Eßstäbchen beiseite gelegt und sahen mir zu.

«Was ist denn jetzt schon wieder?»

«Ich bitte dich! Du hast dir jetzt schon zum dritten Mal Reis nachgeholt. Hattest du nicht gesagt, du wolltest auf deine schlanke Linie achten?»

«Ach sooo...»

Da war nichts zu machen. Ich stellte die Reisschale zurück auf den Tisch und beendete die Mahlzeit. Kazumis Reisschale ist überhaupt viel zu klein. Da paßt bestimmt nur halb soviel rein wie in meine. Was man als Mädchen aber auch alles beachten muß, das hätte ich nie gedacht!

Das Telefon klingelte.

«Kazumi, gehst du bitte dran!»

«Ja.»

Ich rannte los in Richtung auf das Geklingel und nahm den Hörer ab.

«Hallo? Ich bin's, Kazumi!»

Aus dem Telefonhörer drang meine eigene Stimme, die ja zu Kazumis Stimme geworden war, weil Kazumi jetzt – zumindest körperlich – zu Kazuo geworden war.

«Ja, ich hör's!»

«Wie geht's bei dir?»

«Mäßig bis beschissen.»

«Um Himmels willen, benutz nicht solche Kraftausdrücke!»

«Und du, paß nur auf, daß du nicht wie ein altes Waschweib quasselst! Kazuo ist vielleicht ein bißchen doof, und schön ist er auch nicht grade, aber er ist immerhin ein Junge. Ein richtiger Junge mit 'nem Pimmel dran! Wehe, du vergißt das!»

«Ja, ist klar!»

«Na und, wie läuft's bei dir?»

«Na, auch mäßig bis bescheiden.»

«Brauchst dich gar nicht zu zieren.»

«Ich weiß. Ach, übrigens, da fällt mir ein, der ... der wird manchmal groß, gelt?»

«Hm? Was meinst du?»

«Der ... der Pullermann.»

«Idiot! Da fummelt man nicht dran rum!»

«Was kann ich denn dafür? Als ich ihn mit Klopapier abputzen wollte, hat er sich auf einmal geregt.»

«Idiotische Idee! Den wischt man doch nicht mit Papier ab! Den brauchst du nur ein paarmal hin und her zu schlenkern, damit die Tropfen abgehen, dann kannst du ihn wegpacken. Spiel ja nicht dran rum!»

«Ja. In Ordnung. Aber wisch du dich jedesmal ordentlich mit Toilettenpapier ab, hörst du!»

«Jaja, schon gut!»

Als ich ins Eßzimmer zurückkehrte, saßen sie alle drei mit einem ziemlich betretenen Gesichtsausdruck da und sahen mir entgegen.

Die haben alles mitgehört! war mein erster Gedanke, aber ich setzte mich mit Unschuldsmiene wieder auf meinen Platz. Kazumis Mutter schüttelte unter Seufzern den Kopf. «Kazumi, du bist irgendwie komisch heute. Was ist denn bloß los mit dir?»

Obwohl ich sicher war, daß sie mir nicht glauben würden, erklärte ich ihnen kurz, was geschehen war, nachdem ich Kazumi heute morgen in der Schule zum ersten Mal wiedergesehen hatte. «...na, und das hat mich so in Rage gebracht, daß ich diesem Weibsstück eine kräftige Abreibung verpassen wollte und mich mit so einer Wucht gegen sie geworfen habe, daß ich dachte, mein Kopf springt in tausend Stücke. Was dann passiert ist, weiß ich nicht. Jedenfalls, als ich wieder zu mir kam, war ich Kazumi und sie war ich.»

Kazumis Brüder hielten sich den Bauch vor Lachen. Ich schlug mit der Faust auf den Tisch und brüllte: «Das ist nicht zum Lachen, verdammt noch mal!»

Aber nicht, daß sie etwa aufgehört hätten zu lachen, nein, sie lachten nur noch mehr.

Prustend fing dann der ältere Bruder mit entsetzlichen Vorschlägen an: «Mama, wenn das stimmt, was sie sagt, dann wird uns nichts anderes übrig bleiben, als sie im Krankenhaus mit Elektroschocks behandeln zu lassen. Oder wir müssen ihr den Kopf zwecks Untersuchung des seltenen Falles wie eine Ananas in Scheiben schneiden lassen...»

«Ach was! Die ist bestimmt von einem Fuchsdämon besessen. Da hat man sicher wieder irgendwo einen Wald abgeholzt zur Erschließung von Bauland, und so ein armes Füchslein, das dadurch sein Zuhause verloren hat, wird sich auf Kazumi gestürzt haben. Wenn wir sie gut festbinden und ein paar Stunden ausräuchern, dann werden wir das Teufelstier schon ausgetrieben kriegen.»

Jetzt kam der jüngere Bruder auch noch mit solchen Ideen!

«Wenn ihr mir nicht glauben wollt, könnt ihr sie ja anrufen und selber mit ihr sprechen!»

«Quatsch! Daß ihr zwei euch nach so langer Zeit wiedergesehen habt, ist euch nur zu Kopf gestiegen, und da ist die Phantasie ein bißchen mit euch durchgegangen, das ist alles.»

Das war der ältere Bruder.

«Nein, verdammt noch mal!!!»

«Kazumi, ist schon gut! Jetzt geh jedenfalls erst mal schlafen. Wenn du eine Nacht richtig tief und fest schläfst, wirst du diese komische Geschichte bestimmt vergessen», fuhr Kazumis Mutter dazwischen.

«Okay, das mach ich. Und wo ist mein Zimmer?»

«Was soll das heißen? Nebenan natürlich.»

«Ach so!»

«Warte! Vorher hast du doch wohl noch etwas zu erledigen.»

«Hm?»

«Du bist doch irgendwie komisch!» seufzte Kazumis Mutter, indem sie mich vor den buddhistischen Hausaltar im Zimmer nebenan führte.

«Sprich ein Nachtgebet zu den Ahnengöttern, damit du morgen wieder klar im Kopf bist!»

«J ... ja...»

Als mein Blick auf das große Schwarzweißfoto über dem Altar fiel, durchfuhr es mich eiskalt: Das war Kazumis Großmutter! Die Oma, von der Kazumi behauptete, ich hätte sie mit Fliegengift umgebracht!

«Hier soll ich schlafen?» winselte ich wie ein verängstigtes Hündchen.

«Was sagst du da für einen Unsinn? Und wofür hast du dein Zimmer? So, nun sprich das Nachtgebet!»

«Nanmandabu, nanmandabu…»

Bitte, erscheinen Sie mir nicht als Gespenst heute nacht, Frau Großmutter. Die Kazumi hat Sie mit einem Hämmerchen gehauen, deshalb bin ich nicht alleine schuld.

Dann verdrückte ich mich schnell in Kazumis Zimmer. Kein Zweifel, das war das Zimmer, wo ich heute nachmittag aus der Ohnmacht aufgewacht war.

Ich beschloß, jetzt erst mal ordentlich zu schlafen. Sollte das wirklich ein Alptraum sein, dann ist morgen früh alles wieder in Ordnung. Und wenn nicht, dann mußte ich halt morgen weitersehn.

Da ich irgendwie keine Lust verspürte, mich selber nackt zu sehen, schlüpfte ich angezogen ins Bett.

Denkste! Kazumis Mutter kam noch einmal und merkte es natürlich sofort. «Was sind denn das für neue Moden?»

Da half nichts. Ich kramte in den Schubladen herum, bis ich endlich einen Schlafanzug fand. Dann zog ich mich aus. Das Herz klopfte mir bis zum Hals. Hastig zog ich mir den Schlafanzug an. Und damit ich in der Nacht nicht auf der Suche nach dem Klo durchs Haus geistern mußte und womöglich noch mit einem Einbrecher verwechselt wurde, ging ich lieber jetzt noch schnell zur Toilette. Auf dem Flur kam mir Kazumis jüngerer Bruder entgegen.

«Kazumi, du hast die Jacke verkehrt rum an!»

«Ach so?» sagte ich und wollte sie auf der Stelle ausziehen.

«He, immer langsam, junges Fräulein, du kannst dich doch vor einem Mann nicht einfach splitternackt ausziehen, auch wenn's dein Bruder ist!»

Ich rettete mich ins Klo. Schon ein seltsames Gefühl, sich wie damals im Kindergarten zum Pipimachen mit nacktem Hintern aufs Klo zu setzen.

Während ich mich vorn mit Klopapier abwischte, dachte ich mir: Als Mann hat man's doch viel bequemer. Man macht vorn auf, zieht ihn raus, pullert sich aus, dann schüttelt man ihn ein bißchen, steckt ihn weg und fertig!

Wieder im Bett, konnte ich erst lange nicht einschlafen. Kein Wunder, denn normalerweise saß ich um diese Zeit immer vor dem Fernseher.

Was mag Kazumi jetzt wohl tun? Wahrscheinlich dasselbe wie ich. Liegt im Bett und starrt die Zimmerdecke an.

Bei dem Gedanken tat mir Kazumi plötzlich leid.

Aber ich bin auch zu bedauern. Wenn sie nicht solchen Blödsinn von wegen Plattfüße, Bettnässer und so geredet hätte, wäre die Sache nie passiert. Die hat angefangen. Was wird nur aus uns, wenn die Sache nicht wieder ins Lot kommt? Ach, das ist doch alles bloß ein böser Traum, ganz bestimmt!
Morgen früh ist alles wieder in Ordnung.

Ich versuchte, mir selbst Mut zu machen. Trotzdem tastete ich noch mal nach den Schwellungen an der Brust. Die fühlten sich allerdings gar nicht unecht an. Wieder stieg die Angst in mir hoch.

«Macht mir nichts. Macht mir überhaupt nichts. Ich schlafe jetzt!»

Damit drehte ich mich rum und schlief auf Teufel komm raus.

Am nächsten Morgen wachte ich seltsamerweise früh

auf. Mit einem Satz war ich aus dem Bett: Ich war noch immer im Körper von Kazumi!

Ich gab auf. Jedenfalls wollte ich mich erst mal anziehen, aber die Sachen, die ich gestern anhatte, waren weg. Vielleicht hatte Kazumis Mutter sie zum Waschen weggenommen. Nichts zu machen. Also nahm ich mir eine Bluse aus der Kommode, zog sie an und probierte dann noch einen Rock dazu. In dem Moment hörte ich ein Klopfen an der Fensterscheibe. Ich drehte mich um und sah, wer da draußen jenseits der Tüllgardine stand: ich! Nein, die zu mir gewordene Kazumi stand da.

Kaum hatte ich das Fenster geöffnet, fuhr sie mich an: «Tölpel, dämlicher! Mußt du ausgerechnet meine beste Bluse anziehen? Nimm die helle, blaukarierte Bluse da!»

Was sollte ich da machen? Ich zog die gute Bluse wieder aus. Und schon donnerte die Kazumi in meinem Körper aufs neue los: «Was ist das denn? Trägt nichts unter der Bluse! Zieh dir gefälligst einen Unterrock an! Wenn die Druckknöpfe von der Bluse aufgehen, sieht man ja den nackten Busen!»

Bei ihren Worten sah ich auf meine Brust.

«Nicht hingucken!!!»

Wenn's denn sein muß. Ich guckte weg, wühlte in der Kommodenschublade, bis ich einen Unterrock fand, und zog ihn heraus. Dabei rutschte ein kleines Päckchen mit rosa Muster mit heraus und fiel auf den Boden.

«Was ist denn das?» Ich wollte das Päckchen gerade aufheben, da brüllte Kazumi mich mit puterrotem Kopf an: «Finger weg, perverses Stück!»

Schon kam sie durchs offene Fenster gesprungen, direkt auf mich zu, haute mir, ehe ich mich versah, rechts und links eine runter, hob das rosa Päckchen auf, verstaute es ganz hinten in der Kommode und funkelte mich feindselig an. So was hatte ich noch nie erlebt.

«He, was soll das? Ich hab doch nichts getan. Was war das für ein Päckchen? Ist da vielleicht was drin, was du besser nicht zeigst?»

«O ja, einem Jungen bestimmt nicht. Dich geht das gar nichts an! Zieh dir lieber endlich den Unterrock an!»

«Ja, ich mach ja schon…»

Ich beeilte mich gerade, den Unterrock überzustreifen, als plötzlich Kazumis Mutter ins Zimmer stürzte. Das konnte nur Ärger geben.

«Was? Das ist doch Kazuo! Was machst du denn hier?»

Kazumi in meinem Körper ging wütend auf ihre Mutter los.

«Mama, ich hab dir doch gesagt, du sollst anklopfen, bevor du in mein Zimmer kommst!»

Kazumis Mutter guckte für einen Moment so verdutzt aus den Augen wie eine Taube, die von einer Steinschleuder getroffen worden ist, bis sich ihre Gesichtszüge plötzlich zu einer zornigen Grimasse verzogen. «Und du, was soll das heißen, in aller Frühe heimlich in das Zimmer eines Mädchens einzudringen?»

Kazumi in meinem Körper hielt erschrocken den Atem an und sah ihrer Mutter ins Gesicht. Und schon liefen ihr dicke Tränen über die Wangen und tropften zu Boden.

Kazumi tat mir leid, deshalb versuchte ich, ihre Mutter zu beruhigen: «Ist doch nichts dabei, Mensch, die hat sich nur Sorgen um mich gemacht, weil ich doch plötzlich ein Mädchen geworden bin, und ist extra nach mir gucken gekommen. Ist doch kein Grund, sich so aufzuregen!»

«Was sagst du? Ihr seid doch noch Kinder! Und jetzt wolltet ihr... Nein, so was! Und überhaupt, wie siehst du denn aus? Und was sind das für Redensarten!»

Dabei gab Kazumis Mutter mir schon wieder zwei Ohrfeigen. Man stelle sich vor: schon das zweite Mal, daß ich heute am frühen Morgen geschlagen werde. Völlig ohne Grund, und das gleich zweimal! Das läßt sich keiner so einfach gefallen. Außer mir vor Wut schlug ich zurück.

«Hör auf, Kazuo, hör auf!»

Kazumi warf sich weinend zwischen uns, um uns zu trennen, aber es war schon zu spät. Ihre Mutter war kreidebleich geworden, sackte in sich zusammen und sank wie in Zeitlupe zu Boden.

Verdammt! Ich hatte mal wieder vergessen, daß ich zu Kazumi geworden war!

«Mama! Mama!»

Kazumi schüttelte ihre Mutter, die flach auf dem Boden lag. Doch im nächsten Augenblick stand sie auch schon wieder vor mir und schlug mir mit der flachen Hand ins Gesicht.

Jetzt war ich's aber leid! Es hatte mich schon lange keiner mehr geohrfeigt, deshalb machte es mich um so wütender. Ich packte Kazumi beim Kragen, schüttelte sie und haute zu.

Die zu mir gewordene Kazumi flog rückwärts bis

aufs Bett, auf dem sie, alle viere von sich gestreckt, zu liegen kam, und verdrehte die Augen.

Da hörte ich, wie Kazumis Brüder, wohl von dem Lärm geweckt, die Treppe heruntergepoltert kamen. Hastig schloß ich die Tür ab.

«Kazumi, was ist los? Schließ auf!»

«Es ist nichts weiter. Bleibt draußen; ich zieh mich gerade um!»

«Was war denn das für ein komisches Geräusch eben?»

«Nichts weiter, sag ich doch!»

Verdammter Mist, jetzt steck ich ganz schön in der Patsche! Ich war mit meinem Latein am Ende.

Jedenfalls zog ich mir erst mal in aller Eile die Bluse und den Trägerrock an. Dann schüttelte ich die auf dem Bett lang ausgestreckte, zu mir gewordene Kazumi. «He, wach auf!»

Kazumi sah mich benommen an, doch plötzlich zog ihr Gesicht sich ängstlich zusammen, und sie stieß mich von sich. «Du, du... Ich hasse dich! Hätte ich dich bloß nie wiedergesehn!»

Und damit fing sie auch schon wieder an zu weinen.

Dabei hätte ich das genauso sagen können. Hätte ich sie nicht wiedergesehen, wäre ich bestimmt nie in so eine verflixte Geschichte verwickelt worden. Außerdem nervte es mich, Kazumi mit meinem Gesicht so hemmungslos schluchzen zu sehen.

«He, hör auf zu heulen! Das ist ja nicht auszuhalten! Also weißt du, der Kazuo Saito, das ist vielleicht kein Typ, auf den alle fliegen, aber der heult nicht einfach Rotz und Wasser wie du! Der reißt sich ein bißchen zusammen, verstanden?»

Da starrte die zu mir gewordene Kazumi mich feindselig an.

«Was du nicht sagst! Und Kazumi Saito, die ist auch ein bißchen gepflegter und ordentlicher als du. Beguck dich mal im Spiegel, wie du aussiehst: ein Kopf wie eine Ratte! Kämm dich mal ordentlich! Hast du dir auch eine frische Unterhose angezogen? Du mußt unbedingt jeden Tag die Unterhose wechseln, klar? Und einmal im Monat...»

Sie hielt verlegen inne. Ich sah, wie sie rot wurde.

«Was ist einmal im Monat?»

«Darüber kann ich mit einem wie dir nicht sprechen!»

«Wenn du nicht darüber reden kannst, dann fang gar nicht erst davon an. Sag mir lieber, was mit deiner Mutter los ist.»

«Keine Angst, das habe ich schon öfter bei ihr erlebt. Die kommt bald wieder zu sich. Paß du lieber auf, daß du die Hände wegnimmst von meinen Sachen und nicht überall in meinem Zimmer herumkramst!»

Kazumi seufzte tief und holte eine Bürste aus der Schublade im Spiegeltischchen. Langsam begann sie mir das Haar zu bürsten, wobei sie mir, das heißt Kazumi, also sich selbst, gedankenversunken ins Gesicht sah.

«Was ist denn?»

«Ich möchte mich umbringen.»

Ich schrak zusammen.

«He, bist du verrückt? Was soll denn aus mir werden, wenn du dich umbringst? Eins laß dir gesagt sein: Dein Körper gehört mir! Den kannst du nicht einfach umbringen! Paß mir ja gut drauf auf!»

«Ja. Ist schon gut.»

«Vergiß nicht, daß du jetzt ich bist, Kazuo Saito. Ich bin immer noch ein Junge und kein altes Waschweib, also benimm dich danach!»

«O ja, mein Freundchen, das möchte ich dir auch sagen: Dein Körper gehört mir, Kazumi Saito. Ich bin immer noch ein anständiges Mädchen, also benimm dich danach und mach keine vulgäre Schlampe aus mir. Sonst bring ich mich nämlich wirklich um!»

«Ja, schon gut, schon gut! Jetzt geh endlich heim, sonst gibt's nur noch mehr Ärger!»

«Okay. Aber versprich mir, daß du nicht mehr so grob zu meiner, nein, deiner Mutter bist.»

«Geht in Ordnung.»

Kaum war Kazumi mit meinem Körper durchs Fenster verschwunden, da machte ihre Mutter die Augen auf.

«Mama, wie geht's dir? Verzeih mir bitte!»

Es war mir peinlich, nach Weiberart zu sprechen, aber weil ich es Kazumi nun mal versprochen hatte, bemühte ich mich, so gut es ging, das anständige Mädchen zu spielen.

Kazumis Mutter stand schwankend auf und sah mich an. «Es geht schon. Es war auch meine Schuld. Was mußte ich auch gleich so wütend werden. Komm, hilf mir, wir machen das Frühstück.»

«Ich? Helfen?»

«Du bist doch irgendwie komisch!»

«Ach, das Frühstück?! Natürlich helfe ich dir!»

Kazumis Mutter schien endlich beruhigt.

Ich wusch mir schnell das Gesicht und folgte ihr dann in die Küche. Bisher hatte ich noch nie in meinem Leben bei den Vorbereitungen für das Frühstück geholfen. Ich hatte immer geglaubt, daß Kinder so was nicht zu tun brauchten. Also stand ich erst mal dumm herum und wußte nicht, wo ich anfangen sollte. In die Lunchpakete, die die beiden großen Brüder mit zur Schule nahmen, mußte frisch gekochter Reis gefüllt werden, der Fisch dafür mußte gebraten werden, Vater sollte geweckt werden.

Kazumi hat so was also jeden Morgen getan. Hätte ich nicht im Traum dran gedacht! Mädchen haben's wirklich nicht gerade einfach!

Während ich noch so meinen Gedanken nachhing, versuchte ich eine Zitrone in Scheiben zu schneiden, und ritsch! hatte ich mich in den Finger geschnitten.

«Kazumi! Wo bist du wieder mit deinen Gedanken! Chiini, ein Pflaster!»

Der jüngere der beiden Brüder brachte wortlos den Verbandskasten, desinfizierte mir die Wunde und klebte mir ein Pflaster um den Finger.

«Brennt sicher, was?» fragte er mitleidig.

Ich schüttelte den Kopf, aber auf einmal wurde mir richtig elend zumute, und ehe ich's verhindern konnte, liefen mir dicke Tränen übers Gesicht.

Als ich zusammen mit Kazumis Mutter die beiden Brüder und den Vater an der Haustür verabschiedet hatte, war ich erleichtert, daß ich auch endlich gehen konnte. Mit Kazumis roter Tasche trabte ich in Richtung Schule.

War das nicht Shizuo Fukuda, einer aus meiner Klasse, der da vor mir herging?

«He, Fukuda, du alter Fettkloß, ich wußte gar nicht, daß du auch hier wohnst!»

Er drehte sich um und riß die Augen auf, als er mich sah.

«Was ist, gefällt dir meine Visage nicht?»

Im selben Moment fiel mir siedendheiß ein: Ich war ja gar nicht mehr Kazuo Saito, ich war ja zu Kazumi geworden!

«Oh, entschuldige bitte! Das ist mir so rausgerutscht», zwitscherte ich.

«Ah, ja, das macht nichts.»

Er mühte sich ein gekünsteltes Lächeln ab. Ich wollte neben ihm hergehen, aber er legte plötzlich Tempo zu. Der wollte mich abschütteln!

«He, warte, so warte doch!»

Da wandte Fukuda sich zu mir um und sagte: «Tu mir einen Gefallen und bleib aus meiner Nähe. Ich hab keine Lust, mit einem Mädchen zusammen zur Schule zu gehen.»

«Was ist? Warte, du Drecksack ... ah!»

Shizuo Fukuda sah mich an, als könnte er seinen Ohren nicht trauen. Ich suchte schnell nach einem manierlicheren Ausdruck, aber ich wußte nicht, wie ein Mädchen sich wohl in dieser Situation ausgedrückt hätte. Verdammt, ich mußte besser aufpassen, was ich redete!

In diesem Moment spürte ich, wie ein kühler Luftzug an meinen Hintern fuhr. Erst da bemerkte ich noch einen aus unserer Klasse, Kenji Sakui, der hinter mir stand und hämisch grinste. Er hatte mir – nein, Kazumi – unter den Rock geguckt.

«Sakui! Du Dreckskerl!»

Ich ging auf ihn los. Sakui, der nicht damit gerechnet hatte, daß ich ihn angreifen würde, nahm Reißaus.

Ich in einem Mordstempo hinterher, durchs Schultor. Vor der Sprunggrube holte ich ihn ein und stieß ihn von hinten um. Wie ein Taucher schnellte er mit dem Kopf zuerst in den Sand. Hastig versuchte er sich aufzurichten, aber da verpaßte ich ihm diesmal einen kräftigen Tritt in den Hintern.

Das Gesicht voll Sand rappelte er sich hoch, heulte auf und warf sich unversehens auf mich. Ich ballte die Fäuste und schlug los, egal wohin, auf den Rücken, an den Kopf…

«Hört auf, hört doch auf!»

Es war Kazumi – die zu mir gewordene Kazumi, die uns trennte. Sie machte ein Gesicht, als wollte sie jeden Augenblick losheulen.

Sakui maulte mich schluchzend an: «Du … du blödes Weib! Wieso hast du eigentlich gestern, als der Kazuo Saito dir unter den Rock geguckt hat, nichts gesagt? Und du, Kazuo, du bist genauso ein Rindvieh! Hast dich doch selbst ganz schön geärgert, als diese blöde Ziege dich Plattfüßler und Bettpisser genannt hat. Und jetzt hältst du ihr auch noch die Stange! Bist also doch nur ein Plattfüßler, ein Bettpisser ersten Ranges, was!»

Ich sah rot. «Saukerl!»

Dabei drosch ich auch schon wieder auf ihn ein, wobei ich zu meinem Erstaunen feststellte, daß auch Kazumi mit vor Wut vorquellenden Augen und runtergezogenen Mundwinkeln auf ihn einhieb.

Irgendwer mußte gepetzt haben, jedenfalls kam Fräulein Mitsuko Ono, unsere Klassenlehrerin, angerannt und trennte uns.

War vielleicht auch besser so, sonst hätten wir zu zweit den Kenji Sakui womöglich halb totgeschlagen.

Sakui sagte natürlich kein Wort davon, daß er mir unter den Rock geguckt hatte, sondern behauptete Fräulein Ono gegenüber, wir wären ohne Grund über ihn hergefallen. Ein gemeiner Hund, wirklich!

«Was fällt dir ein, so was zu behaupten, dabei hast du mir doch zuerst unter den Rock geguckt, du Drecksau!»

Kaum hatte ich ausgeschimpft, zuckte ich hoch und schrie: «Au!»

Kazumi hatte mich nämlich durch den Rock hindurch ganz böse in den Oberschenkel gekniffen.

«Ach ja ... also, Kenji Sakui hat mir den Rock gelüpft», verbesserte ich mich schnell mit Engelszungen.

Fräulein Ono prustete los, und Sakui, der Idiot, wußte nicht, ob er lachen oder weinen sollte.

Kazumi in meinem Körper funkelte mich wütend an und zischte leise in mein Ohr: «Paß doch endlich auf, oder ich bring mich um!»

«Schon gut!»

Die Stelle, wo Kazumi mich gezwackt hatte, tat so furchtbar weh, daß ich den Rock hochhob, Spucke auf die Finger gab und damit die Stelle kräftig einrieb.

«Verdammt noch mal! Guck mal hier, ist 'n dicker blauer Fleck geworden!» sagte ich vorwurfsvoll.

Im selben Augenblick fegte Kazumi meine Hand beiseite und riß mir den Rock wieder über den Schenkel.

Selbst Fräulein Ono lachte jetzt nicht mehr, sondern sah mich sprachlos an.

Da flüsterte Kazumi mir wieder ins Ohr: «Wie oft soll ich's dir noch sagen, du Dämlack, kapier doch endlich! Soll ich mich echt umbringen?»

«Entschuldige.»

Fräulein Ono wußte wohl immer noch nicht ganz, was sie von der Sache halten sollte. «Jedenfalls ist es ja schön, daß Kazuo und Kazumi sich wieder vertragen haben. Nur daß ihr zwei jetzt gemeinsam gegen dritte handgreiflich werdet, kann ich nicht durchgehen lassen. Ich kann Kazumi zwar gut nachfühlen, daß sie wütend geworden ist, weil Sakui ihr unter den Rock geguckt hat, aber ich meine doch, es war übertrieben, daß Kazuo auch noch mitgeprügelt hat.»

Kazumi protestierte: «Ich kann mich doch von dem nicht ohne weiteres ‹blödes Weib› schimpfen lassen!»

Nun war ich es, der Kazumi zuwisperte: «Paß auf, sonst bring *ich* mich um!»

Kazumi erschrak und sah Fräulein Ono an. «Entschuldigung, ich tu's nie wieder.»

«Ist gut, daß du es selbst einsiehst. Und du, Sakui, hör auf, den Mädchen dauernd unter den Rock zu gucken. Kommt, jetzt vertragt euch alle drei wieder!»

Dann mußten wir uns vor ihren Augen alle drei die Hand geben.

Fräulein Ono lachte: «Eine recht burschikose junge Dame, unsere Kazumi. Wer hätte das gedacht!»

Statt meiner wurde Kazumi vor Verlegenheit ganz rot.

Wie ich schon sagte, gehörte ich – das heißt Kazuo Saito, bevor ich zu Kazumi Saito wurde – nicht gerade zu den Klassenbesten. Seit aber Kazumi zu Kazuo geworden war, meldete der sich auf fast jede Frage der Lehrerin, so daß die vor Staunen ganz große Augen bekam.

Kein Wunder, der Kazuo nachher sah ja nur noch so aus wie der Kazuo vorher, dabei steckte ja ein anderer, nein, eine andere drin, das war ja kein Vergleich.

Nur daß Fräulein Ono davon eben keine Ahnung hatte und deshalb bester Laune sagte: «Man glaubt fast gar nicht, daß das noch derselbe Kazuo ist. Seit letzter Woche ist er ein ganz anderer Mensch geworden. Ich glaube, ich habe dich wirklich falsch eingeschätzt. Vielleicht kommt es daher, daß deine alte Freundin jetzt neben dir sitzt. Das spornt an, nicht?»

Dabei sah sie mir voll ins Gesicht und lächelte.

Bis hierhin ging's ja noch, aber dann kam's dick. «So, die nächste Rechenübung. Wie wär's mit dir, Kazumi?» Damit war ich gemeint. «Nimm dir an Kazuo ein Vorbild und streng dich an. Komm, mach die Übung mal an der Tafel!»

Bruchrechnen war nicht gerade meine Stärke. Ich ging nach vorn und schrieb erst mal die Aufgabe hin, aber dann stand ich nur dumm rum und stierte auf die Tafel.

«Na, Kazumi, klappt's nicht?» fragte Fräulein Ono viel sanfter als sonst.

Verdammt, wenn wir schon vertauscht werden mußten, hätten wenigstens unsere Gehirne auch vertauscht werden können!

Ich drehte mich zu der zu Kazuo gewordenen Kazumi um. Unsere Blicke trafen sich. Da platzte sie heraus: «Nun mach schon! Das ist doch noch 'ne Aufgabe aus dem fünften Schuljahr! Idiot!»

Mir kam die Galle hoch. Das konnte ich mir nicht bieten lassen! «Halt's Maul, Vollidiot! Mit Rechnen kannst du mir den Buckel runterrutschen!»

Kaum gesagt, merkte ich den Schnitzer, aber es war schon zu spät. Die ganze Klasse bog sich vor Lachen, während Fräulein Ono mich entsetzt ansah.

Kazumi lief puterrot an, verdeckte mit beiden Händen das Gesicht und rannte aus dem Klassenzimmer.

«Warte! Du darfst nicht sterben!»

Wie von Sinnen stürzte ich auch aus dem Klassenzimmer, Kazumi hinterher. Oben an der Tür, die zum Flachdach führt, erwischte ich sie endlich. Noch im Umdrehen versetzte sie mir eine Ohrfeige, aber dann hockte sie sich schluchzend zu Boden.

Ehrlich gesagt, hatte ich keine Ahnung, was ich machen sollte. Da kam Fräulein Ono schnaufend die Treppe rauf. Noch ganz außer Atem sagte sie: «Also, was ist eigentlich mit euch beiden los, sagt mal!»

Weil ich dachte, daß ich Kazumi nur noch mehr aufrege, wenn ich weiter dummes Zeug schwätze, schwieg ich lieber.

«Kazumi, ich frage dich!» Die Lehrerin sah mich an. «Du hast da eben etwas von ‹du darfst nicht sterben› geredet, was soll das bedeuten?»

Ich schwieg weiter. Das hätte ich ihr sowieso nicht so einfach erklären können.

«Gut, dann frage ich dich, Kazuo! Wieso hast du ‹Idiot› gebrüllt, als Kazumi an der Tafel stand?»

«Na, kann so eine einfache Aufgabe nicht mal lösen, da muß man sich ja schämen… Kazumi ist eigentlich gut im Rechnen … und dann so was … das konnte ich nicht mit ansehn … und da habe ich…» Von heftigem Schluchzen unterbrochen, versuchte Kazumi zu erklären.

«Stimmt das?» Fräulein Ono sah mich an.

«Na, Kazumi mag gut im Rechnen sein, aber daß ich – ich meine Kazuo – im Rechnen schlecht ist, das wußten Sie ja auch, Fräulein Ono.»

«Moment mal bitte!» unterbrach sie mich. «Ist das nicht gerade umgekehrt? Sicher war Kazuo früher nicht gerade gut im Rechnen, aber jetzt kann man das nicht mehr behaupten. Das Problem ist, wie es mit dir steht, Kazumi. Was meinst du selbst, Kazumi, bist du gut im Rechnen oder schlecht?»

Was sollte ich da antworten? Verlegen zeigte ich mit dem Finger auf die in meinem Körper steckende Kazumi. «Wenn Sie was über Kazumi wissen wollen, müssen Sie den da fragen!»

«Also nein! Ich frage dich nach deiner Meinung über dich selbst. Bist du gut im Rechnen oder schlecht, du selbst, sag's ganz ehrlich!»

«In meinem Innersten bin ich schwach.» Das war ein ehrliches Geständnis.

«Hm, das mag stimmen. Wenn du so eine einfache Aufgabe nicht lösen kannst… Ich hatte mich schon gewundert, warum im letzten Zeugnis von deiner vorigen Schule stand, daß du ausgezeichnete Leistungen in Rechnen hättest.»

Darauf sprudelte Kazumi in wütender Verzweiflung los: «Ach, könnte ich doch bloß wieder mit dir tauschen! Ich hasse diesen Kazuo!»

Das konnte ich mir nicht bieten lassen, deshalb gab ich's ihr zurück. «Pa! Und ich, wenn ich mit dir getauscht habe, dann pinkle ich erst mal ordentlich im Stehn!»

«Wie bitte, was sagst du denn da?» fragte Fräulein Ono erschrocken, aber noch ehe sie ausgesprochen hatte, bekam ich schon wieder eine Ohrfeige von Kazumi.

«Verdammtes Biest!» knurrte ich und schlug im selben Moment auch schon zurück. Dachte ich jedenfalls. Was ich da schlug, das war die Wange von Fräulein Ono, die zwischen uns gesprungen war. Und ich schlug auch noch mit aller Gewalt zu, richtig klatsch–klatsch!

Verdammt, das gibt Ärger!!!

Kopflos vor Panik stürzte ich wie im Flug die Treppen runter. Da, unten auf der Treppe glänzte irgendwas! Nein, nicht irgendwas, das war die Glatze vom Herrn Direktor! Als er die Treppe hochkam, hatte er auf halbem Wege ein Papierknäuel gesehn und sich danach gebückt, um es aufzuheben, und gerade den Kopf hochgehoben, als ich ihn entdeckte. Zum Bremsen war es nun zu spät. Ich entschloß mich blitzschnell, über seinen Kopf hinwegzuspringen. Immer noch besser, den Schaden auf mich selbst zu beschränken, als mit ihm zusammenzuprallen und gemeinsam die Treppe runterzupurzeln.

Ich hob ab. Wäre der Direx bloß in derselben Haltung verharrt, wäre alles in Ordnung gewesen. Mußte der sich ausgerechnet jetzt aufrichten!

Ich kam rittlings auf den Schultern des Direx zu sitzen und segelte, seinen Hals zwischen meinen Beinen, mit ihm im freien Flug durch das Treppenhaus.

Als ich wieder zu mir kam, lagen wir beide, der Direx und ich, im Krankenwagen angeschnallt auf der Trage. Der Direx hielt die Augen geschlossen und machte ein Gesicht, das nichts Gutes ahnen ließ.

Ich versuchte aufzustehen, aber der Krankenwärter neben mir drückte mich wortlos wieder zurück auf die Bahre. Neben ihm saß Fräulein Ono, ganz blaß im Gesicht.

Im Krankenhaus wurden der Direx und ich abwechselnd untersucht. Man röntgte uns sogar die Köpfe. Dann wurden wir gemeinsam in ein Krankenzimmer gelegt. Ich hatte eine Schnittwunde am Mund.

Bald darauf erschien der Arzt und sagte recht gleichgültig: «Jedenfalls behalte ich Sie beide erst mal zwei Tage hier. Im Augenblick lassen sich keine Verletzungen auf dem Röntgenbild erkennen und der Gehirndruck ist auch normal, aber es könnte gefährlich werden, wenn sich später plötzlich Fieber oder Erbrechen einstellen sollten, deshalb verordne ich Ihnen zwei Tage, also achtundvierzig Stunden, absolute Bettruhe.»

Als ich das hörte, war ich am Boden zerstört. Zwei volle Tage mit dem Direx im selben Zimmer eingesperrt zu sein, das ist ja die Hölle!

Da kam Fräulein Ono herein. Sie sagte zuerst zum Direx: «Ich habe soeben Ihre Gattin angerufen, sie wird sicher gleich herkommen.» Und dann zu mir: «Deine Mutter habe ich auch benachrichtigt. Sie kommt gleich, ja!» Ihr entfuhr ein leichter Seufzer.

«Fräulein Ono», hob der Direx unheilvoll an, ohne den Blick von der Zimmerdecke abzuwenden. «Würden Sie mir gefälligst erklären, wie es zu dem Vorfall gekommen ist!»

Fräulein Ono sah ratlos zu mir herüber. «Also, ehrlich gesagt, das weiß ich auch nicht.»

«Aber das ist doch eine Schülerin aus Ihrer Klasse. Sie tragen die Verantwortung, ist Ihnen das klar?»

«Ja … ich weiß. Ach, Kazumi, kannst du uns den Hergang nicht mal richtig erklären?» Sie hatte den bitteren Kelch an mich weitergereicht!

«Ja, also … ich hab eine Dummheit gemacht, und da

kriegte ich's mit der Angst zu tun und bin ausgerissen, und auf der Treppe konnte ich dann nicht mehr bremsen, und da...»

«Du hast eine Dummheit gemacht? Was für eine Dummheit?»

Diesmal übernahm Fräulein Ono die Antwort. «Also, das war so: Diese Schülerin hatte einen Streit mit einem Klassenkameraden und wollte ihn schlagen, traf dabei aber mich aus Versehen. Ich nehme an, daß sie deshalb weggelaufen ist.»

«Albernes Zeug! Aber warum, um alles in der Welt, bist du dann auf mich gesprungen?» Der Direx wandte mir fragend das Gesicht zu.

«Warum...? Tja...»

«Wolltest du vielleicht bei mir Hilfe suchen?»

Hätte ich doch einfach ja gesagt, wo der Direx mir schon so einen wunderschönen Grund in den Mund legte. Aber ich bin nun mal von Grund auf ein ehrlicher Kerl, deshalb platzte ich unwillkürlich mit der Wahrheit heraus. «Nein, ich wollte über Sie drüberspringen.»

«Ü... über mich drüberspringen? Das junge Fräulein wollte mitten auf der Treppe über mich drüberspringen! Es ist nicht zu fassen!»

Bei diesen Worten zog der Direx mit einer heftigen Bewegung den Vorhang zwischen unseren beiden Betten zu. Ratsch!

Dann donnerte es hinter dem Vorhang hervor: «Fräulein Ono! Gehen Sie zur Schule zurück! Der Mutter dieser Schülerin werde ich den Vorfall auseinandersetzen.»

Fräulein Ono zögerte erst ein wenig, sagte dann

aber gehorsam: «Wie Sie meinen, Herr Direktor. Gute Besserung! Und du, Kazumi, sei schön brav!» Sie ging.

Der Herr Direktor hüllte sich nun in Schweigen. Nur ab und zu räusperte er sich, was fast wie eine Drohung klang. Ich lag mucksmäuschenstill und wagte kaum zu atmen.

Nach einer Weile rauschte die Frau des Herrn Direktors herein. Was für eine fürchterlich laute Person! Kaum war sie im Zimmer, zeterte sie auch schon los: «Nein, also wirklich, was machst du nur für dumme Sachen! Eben bin ich Fräulein Ono begegnet, die hat mir alles erzählt. Über eine Schülerin springen wolltest du, und das in deinem Alter!»

«Nein, umgekehrt: Das Mädchen wollte über mich drüberspringen!»

«Und wie soll es dann zu diesem Unfall gekommen sein?»

«Weil ich unbeabsichtigt den Kopf gehoben habe.»

«Was heißt hier unbeabsichtigt? Ich kenne dich, du alter Lüstling, du hast so getan, als wolltest du dich überspringen lassen, und dann hast du schnell den Kopf gehoben und wolltest dem Mädchen unter den Rock gucken, stimmt's?»

«Beherrsch dich! Das Mädchen liegt im Bett nebenan. Frag sie doch selbst!»

Die Frau des Direktors raffte den Vorhang ein wenig zur Seite und sah zu mir herüber. Mit ihren schmalen Augen hinter der goldgerahmten Brille und dem bräunlichen Gesicht kam sie mir wie eine alte Füchsin vor.

Ich wußte nicht recht, was ich sagen sollte, und begrüßte sie erst mal mit einem neutralen guten Tag. Sie lächelte und sagte ebenfalls guten Tag. Irgendwie wurde mir die Lage ungemütlich. Die Frau des Direktors musterte mich unverhohlen und sagte dabei zu ihrem Mann: «Ist ja direkt hübsch, das Mädchen. Sicher das richtige für deinen Geschmack. Und da bist du dann auf dumme Gedanken gekommen...»

«Hör endlich auf!»

In dem Moment stürzte Kazumis Mutter herein. «Kazumi!»

Mit diesem Schrei war sie auch schon an meinem Bett und rieb ihre tränennassen Wangen an meinem Gesicht.

«Wer hat dir das bloß angetan? Dein Gesicht ist ja ganz geschwollen. Und am Mund hast du eine Schnittwunde!»

Da donnerte es von jenseits des Vorhangs: «Ich, Direktor Shoske Imada! Auf der Treppe im Schulgebäude bin ich mit Ihrem Fräulein Tochter frontal zusammengeprallt. Als Ihre Tochter die Treppe heruntergerannt kam, ist sie gegen mich geprallt und wir sind beide die Treppe hinuntergefallen. Ein unglücklicher Zufall!»

Die Frau des Direktors erhob Einspruch. «Aber Shoske, ich bitte dich! Das stimmt doch gar nicht! Vorhin hast du doch behauptet, das Mädchen hätte über dich wegspringen wollen...»

«Ja, um einen Zusammenstoß mit mir zu vermeiden, wollte sie über mich wegspringen, aber das ist mißlungen. Ich glaube nicht, daß sie so glimpflich davongekommen wäre, wenn ich den Sprung nicht abgebremst hätte.»

Kazumis Mutter bedankte sich schnell. «Das heißt also, Sie haben unter Gefährdung der eigenen Gesundheit meine Tochter gerettet. Haben Sie vielen Dank!»

«Ach nein, wirklich, das war ja nur ein Zufall. Jedenfalls sollen wir zwei Tage im Krankenhaus bleiben. Genaueres fragen Sie bitte den Arzt.»

Und zu seiner Frau sagte er: «Geh du auch mit und sprich mal mit dem Arzt!»

Kaum waren die beiden Frauen weg, da erschien Kazumi in der Tür. Sie trat an mein Bett, schaute mir sorgfältig ins Gesicht, befühlte es wortlos, als ob sie beim Gemüsehändler Wassermelonen oder Kürbisse auf Risse und Verletzungen prüfen wollte, und seufzte schließlich erleichtert auf.

«Das ist ja noch mal gutgegangen! Ich hatte schon Angst, das ganze Gesicht wäre zerschnitten und überall genäht und mit Pflastern vollgeklebt. Paß demnächst gefälligst besser auf, das ist schließlich nicht nur dein Gesicht! Aber der Direktor, das ist auch einer! Was mußte der eigentlich ausgerechnet in dem Moment auf der Treppe rumschleichen wie eine Katze, die einen Fisch klauen will!»

«Ich bin nicht rumgeschlichen», dröhnte es von jenseits des Vorhangs, «merk dir das! Ich habe zufällig Abfälle von der Treppe aufgehoben, als das Mädchen runtergerannt kam.»

Aber Kazumi ließ sich nicht beeindrucken. «Sie sind schuld! Sich wie eine böse Schwiegermutter auf der Treppe rumzudrücken und nach Abfall zu suchen! Ein Schuldirektor hat gefälligst im Rektorat zu thronen und nicht während des Unterrichts auf den Treppen rumzusuchen, ob vielleicht einer ein Papierchen fallen gelassen hat.»

«Mensch, hör auf», versuchte ich Kazumi zum Schweigen zu bringen.

Der Direx schnaubte wieder auf der anderen Seite des Vorhangs: «Auf die Sauberkeit in der Schule zu achten, gehört ebenfalls zu den Pflichten eines Rektors!»

«Dann tun Sie das freundlicherweise nach Schulschluß!»

«Mensch, ich bitte dich, hör auf!» fuhr ich dazwischen.

«Jetzt hör mir endlich mal zu, verda ... eh, ich meine, hör doch mal zu, bitte! Wenn der Herr Direktor nicht auf der Treppe gestanden hätte, wäre ich bestimmt nicht nur mit so ein paar kleinen Verletzungen davongekommen. Dann sähe mein Gesicht jetzt womöglich wie ein Flickenteppich aus. Frankenstein läßt grüßen! Deshalb hör endlich auf, auf dem Herrn Direktor rumzuhacken!»

Kazumi sah mich verdutzt an. «Kapiert», nickte sie dann und zog den Vorhang zwischen den beiden Betten zurück. «Herr Direktor, ich danke Ihnen, daß Sie Kazumi gerettet haben! Ohne Sie wäre Kazumis Gesicht bestimmt nicht so glimpflich davongekommen. Wir müssen Ihnen wirklich dankbar sein.»

Der Herr Direktor klapperte erstaunt mit den Augenlidern. «Junger Mann, du sprichst die ganze Zeit bloß von Gesicht, Gesicht und noch mal Gesicht! Es ist jedoch nicht das Gesicht, das den Menschen ausmacht, sondern das Herz. Das Herz ist am wichtigsten!»

«Ja, aber das da, das ist mein Gesicht, das laß ich mir nicht einfach von anderen kaputtmachen.»

«Hä?»

«Aber wie geht es Ihnen eigentlich, Herr Direktor?»

«Tja, mir geht es ähnlich wie Kazumi. Im Augenblick tut mir nichts so weh, daß ich es nicht aushalten könnte.»

«Ja? Da haben Sie aber wirklich Glück gehabt. Trotzdem gute Besserung!»

«Danke schön. Du bist der erste, der sich auch nach meinem Befinden erkundigt. Na, wir hatten jedenfalls beide Glück im Unglück.» Der Direx lächelte zum ersten Mal.

«Also dann, bis bald. Ich bin nämlich in der Mittagspause abgehauen», sagte Kazumi und machte sich wieder auf den Weg zurück zur Schule.

«Kazumi, dein Freund ist ja ein richtig netter Bursche», meinte der Direx.

«Von wegen! Wenn ich diesen Idioten nicht wiedergetroffen hätte, wäre mir der Unfall hier zum Beispiel auch nicht passiert!»

Mir war schon wieder mal die Wahrheit rausgerutscht. Da mußte der Herr Direktor schon wieder mal mit den Augenlidern klappern.

Achtundvierzig Stunden im Krankenhaus, das ist leicht gesagt, aber ich hatte schon nach vierundzwanzig Stunden, also der Hälfte, die Nase restlos voll. Kein Wunder, wenn man von seinem Schuldirektor nur durch einen dünnen Vorhang getrennt ist. Und dieser Herr Direktor Shoske Imada hatte den Spitznamen Meckerske, weil er immer an irgendwas rumzumeckern hatte.

«Kazumi Saito, wir wollen diese achtundvierzig Stunden zu gegenseitigem Nutzen verbringen», fing er seine Moralpredigt an. «Also, meine liebe Kazumi

Saito. Zu diesem Unfall ist es schließlich nur deshalb gekommen, weil du gewalttätig geworden bist. Dabei bist du doch ein Mädchen! Du magst deine Gründe gehabt haben, aber wie ich es auch betrachte, ich kann es einfach nicht gutheißen, daß ein Mädchen zur Gewalt greift.»

«Da können Sie recht haben, aber ich bin doch eigentlich ein Junge.»

«Wie bitte? Du bist ein richtiges Mädchen, ein Prachtmädchen, und hübsch dazu!»

«Na ja, rein äußerlich schon, aber innen bin ich ein waschechter Junge.»

«Red bitte nicht so ein dummes Zeug! Du bist ein bißchen burschikos, das ist ja auch nicht weiter schlimm. Aber weil du nun mal ein Mädchen bist, solltest du dich auch stets bemühen, sanftmütig und nachgiebig zu sein. Und wenn du ein liebenswertes, anmutiges junges Fräulein geworden bist, dann wirst du einen netten Mann finden und heiraten, Kinder zur Welt bringen und eine gute Mutter werden...»

«Nein! Machen Sie doch keine Witze!»

«Was hast du gesagt? Witze? Du meinst, ich mache Witze? Hör mal zu, mein liebes Fräulein, solange wir noch hier im Krankenhaus sind, werde ich dir deine ungehörigen Redensarten austreiben und dir beibringen, wie man sich benimmt.»

Da war ich mal wieder ins Fettnäpfchen getreten, aber jetzt war nichts mehr zu ändern.

Von Stund an hatte der Direx nun ständig etwas an mir auszusetzen: Er schimpfte, weil ich im Schneidersitz auf dem Bett saß, schimpfte, ich würde nicht manierlich genug essen, schimpfte, ich hätte die Hand beim Gähnen nicht vor den Mund gehalten, schimpfte, ich hätte gerülpst, ohne mich zu entschuldigen, schimpfte, schimpfte, schimpfte… Ich hatte schon Angst, er würde mich mit seinem ganzen Geschimpfe noch umbringen.

Bis sich dann ein seltsamer Vorfall ereignete.

In der zweiten Nacht fiel der Direx im Schlaf aus dem Bett. Mitten in der Nacht war ich von einer Stimme aufgewacht. Das war der Direx, er redete im Schlaf. Zuerst murmelte er unverständliches Zeug vor sich hin, aber dann sagte er plötzlich ganz deutlich: «Aiko, hör auf! Aiko, hör auf! Bitte, hör auf! Aiko, hör auuuf!» warf sich im Bett herum und fiel mit großem Gepolter zu Boden.

Ich erschrak fürchterlich, kroch unter dem Vorhang durch und half dem Direx aufzustehen.

«Herr Direktor, alles in Ordnung?»

«Uuuh? Aaah…?»

Der Direx fuhr zusammen, als er mich erkannte, lächelte verlegen und beeilte sich, auf sein Bett hinaufzuklettern.

«Ja, so was! Weißt du, ich habe schon seit meiner Kindheit einen unruhigen Schlaf. Deshalb schlafe ich nicht gern im Bett.»*

Da wagte ich eine indiskrete Frage: «Herr Direktor, wer ist denn eigentlich Aiko?»

«Wie bitte?»

Wie elektrisiert richtete sich der Direx kerzengrade auf und sah mich mit großen Augen an.

«Also, wer ist Aiko? Ihre Frau?»

---

* Die meisten Japaner schlafen auf dem Futon, einer Matratze, die direkt auf den Boden gelegt wird. Man kann also nicht rausfallen.

«Nein! Nein!»

Seine Augen nahmen einen unangenehm durchdringenden Ausdruck an.

«Aha! Wenn es nicht Ihre Frau ist, dann ist es also Ihre Freundin!»

«Was fällt dir ein!»

«Pscht! Es ist mitten in der Nacht!» Ich hielt warnend den Zeigefinger vor den Mund.

Obwohl im Krankenzimmer nur ein trübes Nachtlämpchen brannte, war mir nicht entgangen, daß er blaß geworden war.

«Ha … ha … habe ich irgendwas gesagt?» fragte er leise mit zitternder Stimme.

«Ja. Können Sie sich denn nicht mehr daran erinnern?»

«Nein. Was soll ich denn gesagt haben?»

So, nun konnte ich endlich zum Angriff übergehn! Als Vergeltung für all seine Schikane log ich ihn an: «Sie haben gesagt: ‹Aiko, ich liebe dich! Ich habe dich lieb, so lieb! Küß mich!› Und dann sind Sie aus dem Bett gefallen.»

«Um Himmels willen!» stöhnte der Direx und verbarg das Gesicht in seinen Händen.

Doch plötzlich schaute er wieder auf, verschränkte die Arme und sagte mehr zu sich selbst: «Ich habe den Traum aber irgendwie anders in Erinnerung…»

Ich fragte zum zweiten Mal: «Wer ist diese Aiko?»

«Das geht dich nichts an!»

«Es interessiert mich aber. Dann frage ich eben morgen Ihre Frau.»

«Dummes Ding! Was fällt dir ein!»

Wütend richtete er sich in seinem Bett auf. Ich kroch

geschwind in mein Bett zurück. «Es ist sehr spät. Gute Nacht, Herr Direktor!»

Am nächsten Morgen war der Direx so freundlich wie noch nie. «Kazumi, du hast die Sache von heut nacht sicher schon vergessen, nicht wahr?»

Da gab ich's ihm aber. «Die Sache? Vergessen? O nein, ich erinnere mich ganz deutlich, wie Sie gesagt haben: ‹Aiko, ich liebe dich! Küß mich!›»

«Ja, genau darum geht's. Sag mal, kannst du die Sache nicht bitte vergessen?»

«Die Sache mit Aiko?»

«Ja. Sieh mal, du verstehst so was noch nicht. Aber wenn man erwachsen ist, passieren eben viele Dinge, die man nicht mit ein, zwei Worten erklären kann. Es gehört zum guten Ton, nicht über solche Angelegenheiten zu sprechen. Ich verspreche dir als Gegenleistung, mich ab sofort nie mehr in deine Privatangelegenheiten einzumischen. Einverstanden?»

«Aha. Das bedeutet also, daß es für den Herrn Direktor sehr unangenehm wäre, wenn ich die Geschichte mit Aiko jemandem erzählen würde.»

«Genau. Dir kann ich es ja ruhig sagen, aber ich möchte nicht, daß meine Frau etwas davon erfährt, sonst bin ich gleich wieder krankenhausreif.»

«Wieso denn das?»

«Es fällt mir schwer, darüber zu reden. Also, meine Frau hat die böse Angewohnheit, ohne zu überlegen gleich handgreiflich zu werden, wenn sie wütend ist.»

«Hmmmh!»

«Wo wir beide nun schon mal zwei Nächte unter demselben Dach verbracht haben, sind wir nicht mehr nur noch Direktor und Schülerin, sondern eher zwei vielleicht ein bißchen unterschiedliche Freunde. Deshalb kannst du doch bestimmt unser Geheimnis für dich behalten. Na, und ich würde dir natürlich jederzeit mit Rat und Tat zur Seite stehen, wenn du mal in Schwierigkeiten geraten solltest, nicht als dein Direktor, sondern als dein Freund und Helfer. Abgemacht?»

Obwohl ich dazu weder ja noch nein sagte, nickte er, als wäre die Sache entschieden, und freute sich. «Gut! Sehr gut!»

Bald darauf kamen seine und meine Familienangehörigen, um uns abzuholen.

Die Frau des Direktors streichelte mir über das Haar und sagte: «Komm uns doch mal besuchen! Dann gibt's bestimmt was Leckeres!»

Auf mein fröhliches «Ja danke!» machte der Direx ein finsteres Gesicht.

Ich wurde natürlich von Kazumis Familie abgeholt. Da der Arzt empfohlen hatte, ich sollte mich noch schonen und bis auf weiteres jede heftige Bewegung vermeiden, wurde ich wie ein rohes Ei behandelt. Noch am selben Tag kam Kazumi in meinem Körper zum Krankenbesuch.

«Kazuo, bist du schon wieder da!» fauchte Kazumis Mutter, die ja keine Ahnung hatte, daß das eigentlich ihre Tochter war. Kazumi würdigte ihre Mutter jedoch keines Blicks, sondern sah nur mein immer noch leicht verbeultes Gesicht an und brach in eine Tränenflut aus. «Was für ein Gesicht! So verbeult!»

«Reg dich nicht auf! In ein paar Tagen ist alles wieder gut!»

Kazumis Mutter, die bis eben noch die zu mir gewordene Kazumi am liebsten nach Hause geschickt hätte, war tief gerührt, daß der vermeintliche Kazuo wegen ihrer Tochter Tränen vergoß, und sagte freundlich zu der zu mir gewordenen Kazumi, sie wolle schnell einkaufen gehen, deshalb solle «er» solange bei mir bleiben, und verließ das Haus.

Wo wir nun alleine waren, sagte Kazumi: «Also wirklich! Wie kommst du eigentlich dazu, mein Gesicht, mein schönes Gesicht einfach zu verbeulen und verkratzen!»

«Mensch, ich hab dir doch gesagt, daß es in ein paar Tagen wieder in Ordnung ist. Sag mir lieber, warum du gekommen bist.»

«Heute ist das Datum der Klassenfahrt bekanntgegeben worden. Eine Drei-Tage-Fahrt. Aber du fährst besser nicht mit!»

«Wieso das denn?»

«Na, eben weil...» Kazumi wurde rot und senkte den Kopf.

«Hör mal, ich laß mir doch nicht verbieten mitzufahren, und das auch noch ohne Grund!»

«Nein, nicht ohne Grund.»

«So, und der wäre?»

«Ich sag's ja schon! Aber werd bitte nicht albern!»

«Hm!»

«Weil ich dann meine Periode habe.»

«Periode? Was ist denn das?»

«Das kriegen die Mädchen einmal im Monat. Das heißt, wenn sie es kriegen, bedeutet das, daß der Körper erwachsen wird.»

«Ach so, ja!»

«Ja? Weißt du, was das ist?»

«Nicht genau. Aber so ungefähr...»

«Ach, es ist mir so peinlich!»

«Nein, macht doch nichts! Also deshalb willst du nicht mit auf Klassenfahrt. Mach dir keine Sorgen, ich sag's niemandem. Du kannst in Ruhe zu Hause bleiben und dich hinlegen.»

«Nein, nicht ich, du kriegst die Periode!»

«Was!!?»

«Du hast doch jetzt meinen Körper. Ich bin daran gewöhnt und weiß, wie ich mich an den Tagen zu verhalten habe, aber ich mache mir Sorgen wegen dir. Wenn ich mir nur vorstelle, daß du die ganze Zeit mit einem Gesicht rumläufst, als wolltest du sagen: ‹Ich bin heute unpäßlich...›!»

Ich hatte andere Sorgen.

«I ... i ... ist ja nicht zu fassen! I ... i ... ich soll die Periode kriegen? Ich???»

«Ja, du.»

Ich war echt geschockt. Na ja, ich hatte zwar schon öfter mitgekriegt, wie ein paar Frühentwickelte aus unserer Klasse munkelten, die und die hätte ihre Tage, deshalb sähe sie so blaß aus, oder die und die hätte ihre Regel, deshalb wäre sie leicht reizbar und man sollte sich besser von ihr fernhalten, wobei sie sich vielsagend angrinsten. Aber ich hatte mich nie dafür interessiert. Was ging mich das schon an? Hatte ich gedacht! Und nun das hier! Ausgerechnet ich!

«Was soll ich denn da machen, Mensch?»

«Deshalb bin ich ja gekommen.»

«Du liebe Zeit...»

«Du erinnerst dich doch sicher noch an den rosa Kasten in meinem Schrank?»

«Ja.»
«Da ist alles drin, was du brauchst, verstanden?»
«Eh … ja.»

An der Klassenfahrt nahm ich schließlich nicht teil. Noch bevor ich davon anfangen konnte, hatte Kazumis Mutter schon in der Schule beantragt, mich davon freizustellen, weil der Arzt es nach meinem Flugversuch im Treppenhaus nicht für empfehlenswert hielt, daß ich stundenlang im Bus hin und her geschaukelt würde.

Und dann kam der gefürchtete Tag X!

Ich war völlig niedergeschlagen. Von der Hüfte an abwärts fühlte ich ein seltsames Ziehen im ganzen Unterleib. Ich kam ins Sinnieren: Was soll ich bloß machen, wenn ich jetzt mein ganzes Leben lang mit Kazumis Körper rumlaufen muß. Das ist ja nicht zum Aushalten!

Kazumis Mutter sah mich streng an und sagte: «Eine regelmäßige Periode ist das beste Zeichen von Gesundheit. Deswegen brauchst du kein Gesicht zu machen wie hundert Tage Regenwetter.»

«Ja, aber…»

Ich wollte sagen, daß ich das doch zum ersten Mal in meinem Leben mitmache, aber ich bremste mich. Das hätte doch nur wieder Ärger gegeben.

«Da gibt es kein Ja – aber! Mach ein ganz normales Gesicht, als wäre überhaupt nichts weiter!»

«Jaaa.»

Da erschien Kazumi.

«Ach, bist du nicht mit auf Klassenfahrt?» fragte ihre Mutter verwundert.

«Nein. Eigentlich wollte ich mitfahren, aber heute morgen bekam ich plötzlich fürchterliche Kopfschmerzen. Ich habe Tabletten genommen und mich eine Weile hingelegt, und jetzt geht es mir wieder gut. Da wollte ich mal vorbeischaun…»

«Ach so. Trotzdem finde ich es nicht gerade in Ordnung, wenn einer, der in der Schule fehlt, einfach seine Freundin besuchen geht.»

«Aber ich hatte nichts zu tun, es war einfach so langweilig…» verteidigte sich Kazumi, wobei sie mich aufmerksam musterte.

Ohne weiter nachzudenken, fauchte ich sie an: «Glotz mich nicht so an!»

«Entschuldige!»

Kazumi wurde puterrot und senkte den Kopf. Da sagte ihre Mutter, der Himmel weiß warum: «Das trifft sich gerade gut. Ihr könnt mir die Einkäufe erledigen.»

Damit drückte sie mir die Einkaufstasche samt Zettel und Portemonnaie in die Hand.

Kazumi und ich verließen das Haus. Erst draußen vor der Haustür flüsterte ich ihr zu: «Du, da stimmt was nicht. Deine Mutter will bestimmt bei uns anrufen.»

«Quatsch! So was würde sie nie tun!»

«Denkst du! Sie ruft bestimmt an!»

«Wieso denn?»

«Ist doch klar, weil du andauernd zu mir kommst.»

«Wieso sollte ich denn nicht kommen?»

«Na, stell dir doch mal vor, wenn ein Junge andauernd bei ihrer Tochter rumhängt, da werden normale Eltern schon mißtrauisch.»

«Aber ich komme doch nur, weil ich meinen eigenen Körper sehen will, und nicht, um dich zu besuchen...»

«Ja, aber wie willst du denen das verständlich machen? Da siehst du, sie telefoniert!»

Ich hatte die Tür leise geöffnet. Wir konnten hören, wie Kazumis Mutter sich bei meiner, also Kazuos Mutter, mit schriller Stimme beschwerte: «Wie bitte? Unsere Kazumi soll von Kazuo immer verlangen, daß er kommt? Das ist doch wohl nicht Ihr Ernst? Ich habe bis jetzt immer ein Auge zugedrückt, weil die beiden schon im Kindergarten so gut befreundet waren. Aber das geht jetzt wirklich zu weit. Es tut mir aufrichtig leid, so etwas sagen zu müssen, aber ich möchte Sie bitten, Kazuo in der nächsten Zeit nicht mehr zu uns kommen zu lassen. Ja. Auf Wiederhören.»

Ich machte die Tür leise wieder zu. Als ich mich umdrehte, rannte Kazumi mit Tränen in den Augen davon. Ich sauste ihr sofort hinterher.

Kazumi rannte in einen kleinen Park, ließ sich längelang auf eine Bank fallen und weinte, daß ihre Schultern bebten.

«Ach, Kazumi! Ist es denn so schlimm, ein Junge zu sein?»

«Ja, und ob! Im Bad möchte ich mich jedesmal umbringen. Zwischen den Beinen hängt mir so was Komisches rum... Wenn ich genau hingucke, kommt es mir wie ein eigenes Lebewesen vor, das sich unabhängig von mir bewegt. In der letzten Zeit haben drum herum Härchen angefangen zu sprießen. Ich überlege mir manchmal, ob ich nicht lieber zum Krankenhaus gehen und mir das Ding einfach abschneiden lassen soll...»

«Bist du verückt! So was darfst du nicht einmal denken! Das ist mein Körper, da kannst du nicht nach Lust und Laune einfach was dranmachen oder abschneiden! Ich fühl mich ja auch nicht grade pudelwohl in deinem Körper, wenn ich ehrlich sein soll.»

«Ich will wieder in meinen Körper zurück!»

Dabei fing Kazumi an, an meinem Körper herumzustreicheln, bis sie schließlich ihre Hand zärtlich auf meiner Brust – das heißt, ihrer Brust, nein, wem gehört die nun eigentlich? Na, jedenfalls auf der Brust an dem Körper, in dem ich drinsteckte – ruhen ließ.

Da geschah's.

«He, ihr Knirpse, was macht ihr denn da am hellichten Tag?»

Ein junger Mann mit Sonnenbrille stand vor uns und grinste hämisch. Seine öligen schwarzen Haare, die er vorn zu einer Tolle hochgekämmt hatte, glänzten so, daß er mir wie ein Mistkäfer vorkam.

«Na, Puppe, bist ja ein bißchen klein, aber sonst ganz gut gebaut. Komm mal mit, ich zeig dir was Schönes!»

Damit packte er mich auch schon am Handgelenk. Ich blickte mich schnell um. Nirgendwo eine Menschenseele.

Als Kazumi begriff, was der Typ vorhatte, wurde sie leichenblaß und stieß einen durchdringenden Schrei aus.

«Kazuo! Du darfst nicht mitgehn! Hilfe! Hilfe!»

Der junge Mistkäfer machte ein erstauntes Gesicht.

«Was schreist du denn wie verrückt? Ich habe dir doch gar nichts getan. Ich interessiere mich nur für diese hübsche Kleine hier. Kleine Jungen wie dich faß ich schon nicht an. Da kannst du beruhigt sein. Also, nun troll dich!»

Mit diesen Worten zog mich der Mistkäfer am Handgelenk fort.

Am gegenüberliegenden Parkausgang stand ein dunkelrotes Auto. Der Mistkäfer hatte sich wohl ausgedacht, mich in das Auto zu zerren und wer weiß wohin mitzunehmen.

«Hören Sie auf! Bitte! So was können Sie doch nicht machen!» Kazumi hatte sich weinend an den Mistkäfer gehängt.

«Ist ja zum Kotzen mit dir! Ich hab dir doch gesagt, daß ich keine Jungen anfasse. Verschwinde!»

«Nein! Lassen Sie los!»

Der Mistkäfer stieß Kazumi von sich, aber da sie sich gleich wieder auf ihn stürzte, trat er zu. Und traf Kazumi genau zwischen die Beine. Ausgerechnet da, wo die empfindlichste Körperstelle des Mannes ist…

«Uaah!»

Kazumi schrie auf, krümmte sich vor Schmerz, fiel zu Boden und wälzte sich gequält hin und her.

Bei diesem Anblick kam mir die Galle hoch. Wenn auch Kazumi jetzt in meinem Körper steckte, war das doch schließlich und endlich der Körper von mir, Kazuo Saito, der sich da gequält auf dem Boden herumwälzte.

Ich tat so, als ob ich fliehen wollte, und versuchte, die Hand des Mistkäfers abzuschütteln. Der wollte das natürlich verhindern und zog mich mit einem Ruck zu sich heran. Diesen Schwung nutzte ich aus und trat nun meinerseits dem Mistkäfer mit voller Kraft von unten zwischen die Beine. Wie du mir, so ich dir!

«Ah, Scheiße!»

Der Mistkäfer ließ meine Hand überrascht los, spannte seinen Körper ein wenig und zog eine Grimasse.

Diesen Moment nützte ich, um ihm noch einen Tritt zu verpassen, diesmal einen wohlgezielten.

«Auuuh!»

Der Mistkäfer jaulte auf wie ein Hund, preßte beide Hände auf seinen Unterleib, klappte zusammen wie ein Taschenmesser und fiel in dieser Haltung vornüber, mit dem Kopf zuerst auf den Boden, machte eine Rolle und blieb auf dem Rücken liegen.

Weil ich fürchterliche Angst hatte, er könnte gleich aufstehn und sich rächen, ging ich hin und trat noch mal mit aller Kraft zu, obwohl ich das selbst nicht ganz fair fand.

Diesmal wich ihm jegliche Farbe aus dem Gesicht, er verdrehte die Augen und bekam Krämpfe.

Mir wurde angst und bange.

«Komm, abhauen!»

Ich versuchte Kazumi aufzuhelfen.

«Geht nicht. Ich krieg keine Luft», japste Kazumi mühsam. Trotzdem richtete ich sie von hinten auf.

«So, mach die Beine auseinander!»

«Nein, ich schäme mich!»

«Stell dich nicht so an! Los, mach die Beine breit!»

Von hinten hob ich sie hoch wie ein Kleinkind, das mal muß, und ließ sie wieder fallen, hob sie hoch, ließ sie wieder fallen. Den Trick hatte ich vom Trainer unseres Fußballvereins gelernt.

«Wie ist's? Geht's wieder?»

«So einigermaßen.»

Ich warf einen Blick auf den Mistkäfer. Der lag

noch immer mit dem Rücken zu uns am Boden. Seine Schmalzlocke war vom Staub ganz weiß gepudert.

«Los, hauen wir ab!»

Kazumi, die auch einen kurzen Blick auf den Mistkäfer gewagt hatte, schüttelte sich vor Ekel.

Ans Einkaufen war jetzt nicht mehr zu denken. Ich stützte die immer noch schwankende Kazumi, und so hasteten wir gemeinsam aus dem Park, ohne uns noch einmal umzusehen. Ich beschloß, Kazumi nach Hause zu bringen.

Sie heulte den ganzen Weg lang.

«Hör doch auf zu heulen. Wie sieht denn das aus? Es wird schon wieder gut!»

Ich tröstete sie, so gut es ging, aber sie reagierte gar nicht.

«Ist das denn so schlimm, ein Junge zu sein?» sagte ich mehr zu mir selbst, aber sofort gab Kazumi zurück: «Und du, freust du dich, daß du ein Mädchen geworden bist? Macht es Spaß, sich schick anzuziehen, ja?»

Ich wußte nicht, was ich antworten sollte, und schwieg den Rest des Weges vor mich hin.

Es war schon eine ganze Weile her, seit ich das letzte Mal zu Hause gewesen war, das heißt bei mir, Kazuo Saito, zu Hause. Aber es war niemand daheim. Kazumi holte den Schlüssel aus der Tasche und schloß auf.

«Deine Mutter bringt bestimmt gerade die Oma aus Shinshu zur Bahn.»

«Was? Die Oma aus Shinshu war da? Die hätte ich so gern wiedergesehen!»

«Tja, das war so eine Sache...»

«Wieso?»

«Na, ich kannte doch deine Oma aus Shinshu gar

nicht. Als sie ankam, stand ich gerade vorm Haus. Ich fragte sie: ‹Sie wünschen bitte?› Die Oma fand das gar nicht komisch.»

«Kann ich mir denken. Und für meine Mutter ist die Oma aus Shinshu auch noch die Schwiegermutter. Da hast du was Schönes angestellt!»

«Ja, ich weiß. Deswegen ist schließlich auch die Reise nach Shinshu, die für die Sommerferien geplant war, ins Wasser gefallen.»

«Ach, verdammt! Wie willst du das wiedergutmachen? Ich hatte mich so drauf gefreut!» sagte ich vorwurfsvoll. Sie musterte mich abschätzig und sagte dann unter Seufzern: «Deshalb will ich ja auch nicht, daß du mich spielst.»

«Wieso?»

«Na, denk mal nach! Sollte die Reise nach Shinshu doch noch in Ordnung gehn, wer fährt dann, du oder ich?»

«Hmmm...»

«Nicht ‹hmmm›! Du wirst ja wohl nicht fahren können. Das heißt, daß ich für dich hinfahren muß.»

«Ist doch auch gut, oder?»

«Nichts ist gut! Paß du lieber auf, daß du in der letzten Klassenarbeit vor den Ferien bessere Noten bekommst!»

«Hm?»

«Es war abgemacht, daß ich mit nach Europa fahren darf, wenn meine Noten sich bessern.»

«Was! Nach Europa! Ist ja toll!»

«Ja, nur leider völlig unmöglich.»

«Wieso?»

«Du kannst doch nicht mal die Mathe vom Vorjahr.»

Da hatte sie allerdings meinen wunden Punkt berührt.

«Außerdem – selbst wenn du gute Noten kriegen solltest, gibt es doch keine sichere Garantie dafür, daß wir bis zu den Sommerferien wieder in unseren eigenen Körpern stecken.»

Wieder röteten sich Kazumis Augen. Um nicht noch mitzuheulen, wandte ich mich ab und sah mich um.

Mein Zimmer war seltsamerweise ordentlich aufgeräumt. Die ganzen Modell-Rennautos und Modell-Lokomotiven, die am vorderen Rand des Bücherregals aufgereiht gewesen waren, waren verschwunden. «Wo sind denn meine ganzen Modelle hin?»

«Dein Cousin Hiroaki – oder wie der heißt – war hier und hat sie alle mitgenommen.»

«Was, der Hiroaki...?»

«Ja. Deine Mutter hat mir gesagt, ich soll sie ihm schenken.»

«Alte Ziege!»

«Wen meinst du?»

«Ist doch klar: meine Alte!»

«Finde ich aber gar nicht. Sie ist furchtbar nett und macht sich große Sorgen wegen mir.»

«Wegen dir? Du meinst, wegen mir, weil du aussiehst wie ich?»

«Ist doch logisch!»

In dem Moment klingelte das Telefon. Aus alter Gewohnheit ging ich gleich dran.

Es war Kazumis Mutter! Ich schrak zusammen. Hatte ich doch wieder mal glatt vergessen, daß ich Kazumi war. Im Augenblick war ich so durcheinander, daß ich mich verplapperte: «Nein, hier ist Kazuo.»

Und schon tönte es von jenseits der Leitung in einer

Lautstärke, daß mir fast das Trommelfell geplatzt wäre: «Hör endlich mit dem Unsinn auf! Ich habe jetzt andere Sorgen. Die Frau des Herrn Direktors ist hier!»

«Oh, ist es rausgekommen?» Ich dachte an die Geschichte mit Aiko.

«Rausgekommen? Aha, du hast also ein schlechtes Gewissen?»

«Nein, nein, so war das nicht gemeint!»

«Wirklich?»

«Ja!»

«Also, sie behauptet, du hättest mit Kazuo im kleinen Park rumgeschmust, und als ihr Sohn euch zurechtweisen wollte, hättest du ihn gegen seine empfindlichste Körperstelle getreten. Da hat er jetzt einen Bluterguß; es soll ziemlich schlimm sein. Ich habe ihr gesagt, du wärst schließlich ein wohlerzogenes Mädchen und würdest so etwas niemals wagen. Besonders gegenüber einem, der schon fast erwachsen ist, wie ihr Herr Sohn. Nein, das kann nur der Kazuo gewesen sein, der war ja dabei, habe ich zu ihr gesagt. In seinem Schock hat ihr Herr Sohn das sicher verwechselt, anders kann ich mir das nicht vorstellen, habe ich zu ihr gesagt. Komm jetzt jedenfalls sofort nach Haus, hast du verstanden!»

Sie hatte so laut gesprochen, daß Kazumi alles mitgehört haben mußte, denn sie war ganz blaß geworden, und ihre Lippen zitterten. «Was! Während ich am Boden lag, hast du so was getan?» Sie starrte mich wütend an.

«Was sollte ich denn machen, wo der so zudringlich wurde?»

«Ja schon, aber... Jetzt gibt's einen Skandal, und ich

komme ins Gerede. Und wenn ich erst mal einen schlechten Ruf habe, heiratet mich keiner mehr…»

«Was meinst du, wie dieser Dreckskerl mich angeglotzt hat! Wenn ich's nicht getan hätte, hätte der mich, das heißt also in Wirklichkeit deinen Körper, von oben bis unten befummelt und Onkel Doktor gespielt!»

«Um Himmels willen!» Kazumi wurde rot und senkte den Kopf.

«Siehst du, deshalb habe ich deinen Körper verteidigt. Kannst mir dankbar sein!»

«Ja», sagte sie zerknirscht. Ich atmete auf.

In dem Moment kam meine Mutter nach Hause. Als sie mich sah, machte sie ein unwirsches Gesicht, weil sie mich für Kazumi hielt. «Also hör mal gut zu, Kazumi. Es fällt mir schwer, so etwas sagen zu müssen, aber jetzt geh bitte nach Hause. Deine Mutter hat mich gebeten, Kazuo von dir fernzuhalten. Ich finde nichts dabei, wenn ihr zusammen seid, besonders weil ihr ja schon im Kindergarten wie Geschwister aneinander gehangen habt, aber die Mutter eines Mädchens sieht so etwas eben anders. Sie findet Kazuo aufdringlich.»

Während Mutter noch redete, hatte Kazumi angefangen zu schluchzen. «Was ist denn, Kazuo?»

«Ach, das ist doch einfach unmenschlich!»

«Nun hör doch auf zu weinen wie ein kleines Mädchen, Kazuo! In der letzten Zeit bist du wirklich komisch: Du ißt kaum was, willst dich nicht baden… Man glaubt fast, du wärst mit jemandem vertauscht worden.»

Das ist es ja gerade, wollte ich zu einer Erklärung ansetzen, aber Kazumi stieß mich an. Genau in dem Augenblick erschien der Herr Direktor. Er machte ein Gesicht, als müßte er ein Sodbrennen unterdrücken.

«Herr Direktor! Es tut mir leid, daß ich Ihnen neulich so viele Unannehmlichkeiten bereitet habe», grüßte ich ihn betont höflich. Überrascht, mich hier zu treffen, klappte er die Augenlider auf und zu.

Mutter, die noch nichts wußte, sah den Schuldirektor erstaunt an. «Was führt Sie zu uns?»

Statt zu antworten, wandte er sich jedoch Kazumi und mir zu und sagte mit seiner säuerlichen Miene: «Laßt uns für einen Augenblick allein!»

Ich konterte sofort: «Nein, das ist nicht nötig. Dieser Mistkäfer mit seiner öligen Haartolle hat Glück gehabt, daß er Ihr Sohn ist, Herr Direktor!»

«Wieso soll er da Glück gehabt haben?» bellte mich der Direx an, als wollte er jeden Augenblick zubeißen.

«Weil ich sonst alles meiner Mutter erzählt und ihn wegen Vergewaltigung angezeigt hätte.»

«Vergewaltigung?»

«Ja. Der wollte meine Brüste streicheln und unter meinen Rock langen.»

«Mein Sohn soll so was getan haben?»

«Ja. Er hat es versucht.

«Wenn er es nur versucht hat, dann ist das keine Vergewaltigung. Dann ist das ... na, wie sagt man, vielleicht ein Sittlichkeitsvergehen. Getan hat er es jedenfalls nicht, oder? Also nur der Versuch eines Sittlichkeitsvergehens.»

«Wenn ich mich nicht gewehrt hätte, hätte er mir bestimmt was getan. ‹Komm mal mit, ich zeig dir was Schönes›, hat er gesagt und wollte mich ins Auto zerren.»

«Das mag schon sein, aber ist das ein Grund, ihn so zuzurichten?» Er sah Kazumi in die Augen. Sie schwieg und senkte den Blick.

«Herr Direktor!» Ich ließ meine Stimme plötzlich sehr ernst klingen. «Dieser Dreckskerl ... ich meine, Ihr Sohn, hat als erster aus heiterem Himmel Kazuo getreten.»

«Also so was!»

«Nein, das ist nicht gelogen! Es ist die reine Wahrheit. Deshalb habe ich es ihm lediglich heimgezahlt. Aber ich habe etwas mit Ihnen zu besprechen, Herr Direktor! Frau Saito, Kazuo, würdet ihr uns bitte allein lassen!»

Meine Mutter und Kazumi schauten einander fragend an, aber da ich weiterhin auffordernd dastand, zogen sie sich nach hinten zurück.

Der Gedanke, von Kazumis Körper geschützt zu sein, gab mir soviel Mut, wie ich ihn in meinem eigenen Körper als Kazuo nie gehabt hätte.

«Was gibt's zu besprechen?» grollte der Direx. Seinem finsteren Gesicht war abzulesen, daß er genau wußte, was ihn erwartete.

«Sie wissen, was ich meine, nicht wahr? ‹Aiko, ich liebe dich!›»

«Das konnte ich mir ja denken», stieß der Direx hervor. Dann tat er einen großen Seufzer, der sich anhörte wie das Heulen eines Flußpferdes, und schüttelte den Kopf.

Ich fuhr fort: «Wenn ich ehrlich sein soll: Ihr Sohn ist einfach widerlich! Mit seiner Haartolle, die vor Fett glänzt wie ein Mistkäfer – ein Sittenstrolch, wie er im Buche steht! Ich habe allerdings nicht vor, die Sache auszuplaudern. Sonst heißt es am Ende noch: Sieh da, wie der Vater, so der Sohn…»

«Schon gut! Ich habe verstanden!» Der Direx sah mir offen ins Gesicht. «Das heißt also, ich soll die Sache auf sich beruhen lassen?»

«Auf sich beruhen lassen?»

«Ja. Schwamm drüber. Als wäre nichts geschehen.»

«Wie kommen Sie denn darauf?»

«Nun, ist doch logisch. Du hast mir doch angedroht, du würdest sonst alles ausplaudern. Ich habe verstanden.»

«Oh, Sie sind also bereit, meinen Tritt vor den … meinen Tritt auf sich beruhen zu lassen?»

«Ja.»

«Oh, wunderbar! Herr Direktor, ich liebe Sie!»

«Nein danke, kein Bedarf!» brummte er mürrisch und wandte sich ab.

«Ihr könnt wieder herkommen!» rief ich nach hinten, worauf Mutter und Kazumi sich wieder hervorwagten.

Der Direx sagte zu Mutter: «Ich habe mir soeben von Kazumi die Sache in allen Einzelheiten erzählen lassen und bin zu dem Schluß gekommen, daß es auf beiden Seiten einige Mißverständnisse gegeben hat, deshalb möchte ich die ganze Angelegenheit hiermit als erledigt betrachten. Außerdem ist es ja nicht gerade eine Ehre für einen jungen Mann seines Alters, sich von einem Mädchen aus der Grundschule so zurichten zu lassen. Tja, so haben wir halt alle unsere Sorgen mit den Kindern, nicht wahr? Hahaha!»

Der Direx machte zwar mit dem Mund «hahaha», aber seine Augen lachten nicht dabei. Er wußte wohl nur zu genau, wer wirklich der Schuldige war.

Zum Schluß mußte der Direx dann doch noch eine unangenehme Bemerkung machen. «Kazumi, wenn man das Maß zu voll macht, kann das unter Umständen den Strafbestand der ‹übertriebenen Selbstverteidigung› erfüllen. Weißt du, Vitalität ist ja ganz nett, aber Brutalität kann ich nicht gutheißen, besonders nicht bei einem Mädchen!»

«Was, wer soll hier brutal sein?» Es war Kazumi in meinem Jungenkörper, die sich beschwerte. «Das muß man wohl eher von Ihrem Sohn behaupten. Ich hab ihn weinend angefleht, doch bitte loszulassen, aber er hat mich einfach getreten!»

«Schon gut, schon gut! Aber wissen Sie, Frau Saito, die beiden hier gehörten eigentlich ausgetauscht!»

Ich ging heim, das heißt, ich ging heim zu Kazumis Familie. Kazumis Mutter fragte gleich: «Warst du nicht einkaufen?»

«Doch. Hier!» Ich präsentierte die volle Einkaufstasche.

Bevor ich von Kazumi fortging, hatte sie mir noch zigmal erklärt, wo ich was einzukaufen hätte. Und ich hatte ihr zigmal eingehämmert, den Sieg über den Sohn des Direx als das Werk von Kazuo auszugeben. Ich finde es nämlich nicht gerade bewundernswert für einen Jungen, wenn er sich von einem Mädchen retten lassen muß. Und schon gar nicht, wenn es sich bei diesem Jungen um Kazuo Saito, also um mich handelt.

Kazumis Mutter nahm mir die Einkaufstasche ab und blickte mir lange ins Gesicht. «Also hör mal, Kazumi, wegen deiner Kopfverletzung habe ich dich vorsichtshalber nicht an der Klassenfahrt teilnehmen lassen. Ich kann mich allerdings nicht erinnern, dir erlaubt zu haben, zu Kazuo nach Hause zu gehen!»

«Ja, aber du hast mir doch selbst gesagt, ich soll einkaufen gehn!»

«Und? Was hat das damit zu tun?»

«Sehr viel. Unterwegs, da kam nämlich so ein komischer Typ mit 'nem Kopf, der glänzte wie ein Mistkäfer und wollte mir was antun.»

«Was antun?»

«Ja. So ein Sittenstrolch, weißt du!»

«Das ist ja fürchterlich!»

Schlagartig änderte sich ihr Gesichtsausdruck. «Also, das hat doch wohl nicht vielleicht etwas mit dem Sohn vom Herrn Direktor zu tun, oder?»

«O doch, sehr sogar! Dieser Mistkäfer ist nämlich genau der Sohn des werten Herrn Direktors!»

«Waaas?»

Kazumis Mutter sah mich so entgeistert an, daß ich Angst bekam, sie hätte sogar das Atmen vergessen.

«Aber nach dem, was die Frau des Direktors mir erzählt hat, sollt ihr zwei im Park rumgeschmust haben und ihren Sohn gleich tätlich angegriffen haben, als der euch zurechtweisen wollte.»

«Na hör mal, wir sind doch keine wilden Hunde, die ohne Grund um sich beißen! Das war Notwehr! Ach, das hättest du sehen müssen, wie Kazuo mich verteidigt hat! Obwohl ihm das furchtbar weh getan haben muß, als der Mistkäfer ihn zwischen die Beine getreten hat. Dieser Mistkäfer hat angefangen! Der dachte wohl, er hätte leichtes Spiel, weil wir noch Kinder sind. Aber Kazuo hat es ihm heimgezahlt, wie du mir, so ich dir! Damit hatte der wohl nicht gerechnet.»

«Also doch! Kazuo ist also doch ein richtiger Junge!»

«O ja! Wenn's drauf ankommt, kann man sich auf ihn verlassen. Du solltest dich bei ihm bedanken, ja, Mama?»

«Ja, du hast recht.»

«Wenn Kazuo nicht bei mir gewesen wäre, hätte dieser Kerl mich in sein Auto gezerrt und wer-weiß-was mit mir gemacht. Wie der schon aus den Augen geguckt hat, einfach widerlich!»

«Ja, jetzt weiß ich Bescheid. Ich werde mich bei der Frau des Direktors beschweren. So geht es ja nicht!»

«Das brauchst du nicht mehr. Als ich bei Kazuo war, kam der Herr Direktor persönlich, und wir haben ihm alles erklärt. Kazuo hat ihm vorgeschlagen, diese ganze Sache auf sich beruhen zu lassen, da es Mißverständnisse auf beiden Seiten gegeben hätte. Einfach toll, wie er das gesagt hat!»

«Ach so…»

Ich tat alles, um ihr Kazuo, das heißt Kazumi in meinem Jungenkörper, so sympathisch wie möglich erscheinen zu lassen. Es könnte für mich nämlich sehr unangenehm werden, wenn uns der Kontakt verboten würde. Genau wie Kazumi zu meiner Oma aus Shinshu gesagt hat: Sie wünschen bitte?, so kann ich in dieser Hinsicht auch noch einiges anrichten. Kazumis Mutter beobachtete mich so schon argwöhnisch genug. Ich mußte auf der Hut sein.

«Nur ein Glück, daß dir nichts passiert ist! Aber nun zu etwas anderem. Leider keine gute Nachricht.»

«Was ist denn?»

«Die Geschichte mit der Europareise, die ist leider geplatzt.»

«Wieso?»

«Masao hat vor zu heiraten. Deshalb möchte er natürlich lieber seine Braut mit auf die Reise nehmen, sagt er.»

«Ach so...»

Natürlich hatte ich keine Ahnung, in welchem Verhältnis Kazumi zu dieser Person namens Masao stand.

«Oh, du scheinst ja gar nicht sehr enttäuscht.»

«Ach ... doch, doch schon, ich bin ganz enttäuscht.»

«Das dachte ich mir. Deshalb habe ich mir eine ganz tolle Überraschung für dich ausgedacht. Rate mal!»

«Hmm...»

«Du darfst Hiroshi zu deinem Geburtstag einladen.»

Verdammt, jetzt sitze ich wieder mal schön in der Patsche! Wer zum Kuckuck kann dieser Hiroshi sein? Den Namen hatte ich bisher von Kazumi noch nie gehört. Ich hatte keine Ahnung, wie ich reagieren sollte.

«Was ist denn? Wir laden Hiroshi ein! Freust du dich denn gar nicht?»

«Doch. Doch, ich freue mich ja so!»

«Hör bitte auf, so gekünstelt zu sprechen! Kein bißchen freust du dich! Komm, sag mir die Wahrheit. Merkst du nicht selbst, daß du ein bißchen komisch geworden bist, seit du in der Schule mit dem Herrn Direktor zusammengeprallt und die Treppe runtergefallen bist?»

«Komisch? Wenn du das so sagst ... mag schon sein, daß ich etwas komisch bin.»

«Vielleicht leidest du doch an Spätfolgen des Unfalls.»

«Was für Spätfolgen?»

«Merkst du denn selbst nichts?»

«Was soll ich denn merken?»

«Nein, also in meinen Augen bist du ein ganz anderer Mensch geworden. Deine Brüder finden das übrigens auch. ‹Kazumi benimmt sich in letzter Zeit überhaupt nicht mehr wie ein Mädchen›, sagen sie. Bevor wir hierher umgezogen sind, hast du zwar auch für ein Mädchen etwas kräftige Ausdrücke gebraucht und warst nicht gerade zimperlich in deinem Benehmen. Aber das hielt sich immer noch soweit in Grenzen, daß ich mir sagte, ach, das ist der Einfluß der beiden großen Brüder, und darüber hinweggesehen habe. Aber in der letzten Zeit wechselst du nicht mehr deine Unterwäsche, wenn ich es dir nicht ausdrücklich sage, und kämmst dir nicht einmal das Haar. Arbeiten, die dir bisher leicht von der Hand gegangen sind, fallen dir plötzlich schwer, und du kannst nicht mal mehr eine Miso-Suppe kochen. Und was bringst du außerdem für schlechte Noten in den Klassenarbeiten heim! Chiini sagt auch, solche Rechenaufgaben hättest du früher im Schlaf lösen können. Aber was mir ganz besonders mißfällt, das sind deine groben Redensarten. Sogar Vater ist es aufgefallen. Du hättest dich ein bißchen verändert, meint er. Von wegen: ein bißchen! Ich bekomme manchmal richtige Angst in der letzten Zeit, wenn ich dich so betrachte. Was ist nur los mit dir?»

Was hätte ich darauf antworten sollen? Ich hatte ja selber keinen blassen Schimmer, wie es überhaupt dazu gekommen war.

«Ich glaube, es hängt irgendwie damit zusammen, daß du Kazuo wiedergetroffen hast.»

«Hm, vielleicht», sagte ich vorsichtig.

«Bestimmt! Deshalb möchte ich euch beide möglichst nicht zusammen sehen. Ich rechne es ihm natürlich hoch an, daß er dir geholfen hat, und werde mich auch dafür bei ihm bedanken. Aus den genannten Gründen möchte ich aber, daß du von jetzt an jeden persönlichen Kontakt zu ihm abbrichst. Dafür erlaube ich dir auch, dich mit Hiroshi zu treffen.»

«Ach, wo is'n der Kerl eigentlich?... Nein, ich meine, wo ist dieser Hiroshi denn?»

Kazumis Mutter seufzte statt einer Antwort tief auf und sah mir lange ins Gesicht. «Also weißt du, ich glaube, du solltest in den Sommerferien doch in eine Spezialklinik für Gehirnchirurgie gehen und dich gründlich untersuchen lassen.»

«Nein!!!»

«Also bitte, es ist doch wohl wirklich nicht normal, daß du deinen heißgeliebten Hiroshi vergessen hast.»

Verdammt, das wird ja immer schlimmer! Nicht genug, daß die Europareise futsch ist. Wenn ich mich nicht ganz vorsichtig mit Kazumi abspreche, dann stecken die mich auch noch ins Krankenhaus! Wer weiß, was die da mit mir anstellen. Womöglich spalten die mir den Schädel und rühren mir die Gehirngrütze durcheinander oder verpassen mir so starke Elektroschocks, daß ich am Ende selbst nicht mehr weiß, ob ich ein Männlein oder Weiblein bin und mir dann vielleicht gar nicht mehr wünsche, wieder der Kazuo Saito von früher zu sein. Das wäre das Letzte!

Sicher, der Kazuo Saito ist kein As in der Schule und auch keiner von den tollen Typen, auf die alle

Mädchen fliegen. Nur im Laufen ist er ziemlich unschlagbar. Und Modellautos oder Fernbedienung für Rennautos zusammenbasteln, das kann er. Aber das ist auch schon alles. Trotzdem, für mich ist Kazuo Saito der beste. Der war ich schon immer, und der will ich auch bleiben!

Während Kazumis Mutter noch oben ging, um das Bettzeug vom Balkon hereinzuholen, benutzte ich schnell die Gelegenheit, Kazumi anzurufen.

«Hallo?»

«Ich bin's!»

Zum Glück war Kazumi direkt dran.

«Hör mal, wer ist eigentlich der Hiroshi?»

«Was soll das, aus heiterem Himmel...»

«Also ich frage dich: Wie steht Kazumi zu Hiroshi?»

«Was? Wie sie zu ihm steht? Was soll das heißen?»

«Nun mach schon! Wir haben jetzt keine Zeit für lange Diskussionen. Was hast du für eine Beziehung zu diesem Typ, dem Hiroshi?»

«Beziehung? Also bitte! Du bist wohl eifersüchtig, was?»

«Dumme Ziege! Antworte mir offen und ehrlich!»

«Ich denke gar nicht dran!»

Ich wurde langsam nervös.

«Dieses Hornvieh! Stell dich doch nicht so an! Also, jetzt hör mir mal gut zu: Weil ich mich nicht an diesen Typ, den Hiroshi, erinnern kann, sagt deine Mutter, sie will mich in den Sommerferien in irgend'ne Klinik für Gehirnchirurgie bringen, wo sie mir den Kopf wie 'ne Ananas in Scheiben schneiden und bei der Gelegenheit schön in meinem Grützkasten rumrühren. Deine Mutter denkt, ich hätte durch den Unfall auf der Schultreppe einen Schock. Stell dir mal vor, was dann passiert! Gut möglich, daß ich dann nie mehr in meinen eigenen Körper zurück kann, und selbst wenn, dann hast du nachher vielleicht das totale Chaos im Kopf, hast du verstanden? Wenn ja, dann sag mir, wer dieser Typ ist, der Hiroshi!»

«Ja», sagte sie folgsam. Sie hatte endlich kapiert!

«Im fünften Schuljahr, an der vorigen Schule, waren wir in derselben Klasse. Er hat gute Noten, ist sportlich, sieht prima aus... Nur daß er eigentlich in Akemi verliebt ist. Aber Akemi sagt, daß er ihr eigentlich ziemlich egal ist; sie verkehrt lieber noch mit Mädchen. Sie ist so eine Art Busenfreundin von mir.»

«Das mit der Akemi ist mir egal. Sag mir lieber, was dieser Hiroshi von dir hält.»

«Von mir? ... Ich glaube, er hat keine besonderen Gefühle für mich. Er achtet mich eben, weil ich Akemis gute Freundin bin.»

«Und wie stehst du zu ihm?»

«Gemein, so was zu fragen!»

«Gemein?»

«Ja. Darüber möchte ich nicht mit anderen Leuten sprechen.»

«Mit anderen Leuten? Ich bin jetzt du, meine Liebe! Wenn ich nicht weiß, was du für diesen Hiroshi gefühlt hast, dann wandre ich in die Gehirnchirurgie, ist das klar?»

«Also ... also die Kazumi hat gesagt, daß sie in ihn verliebt ist. Und was ist jetzt mit Hiroshi?»

«Er soll bald herkommen.»

«Herkommen?»

«Ja.»

Am anderen Ende der Leitung war es mucksmäuschenstill. Kazumi schien es den Atem verschlagen zu haben.

«Jedenfalls sagt deine Mutter, sie will ihn zu deinem Geburtstag einladen. Übrigens, wann ist der eigentlich?»

«Am fünften August.»

«Und was soll ich dann am fünften August mit diesem Hiroshi machen?»

«Was du da machen sollst? Jedenfalls nichts Unanständiges.»

«Dumme Gans! Ich bin jetzt du, und du bist ich. Deshalb muß ich als Kazumi… nein, falsch, ich muß wissen, wie du dich beim Wiedersehen mit ihm verhalten würdest.»

«Tja, also, ich glaube, ich würde ihm zeigen, was ich für ihn empfinde.»

«Was meinst du konkret damit? Würdest du ihm um den Hals fallen und ihn abknutschen?»

«Blödsinn! So direkt ja nun auch nicht. Aber du kannst mich ja einladen und als neuen Freund oder Klassenkameraden vorstellen. Dann kann ich dir vor Ort mit allen möglichen Zeichen signalisieren, was du tun und lassen sollst.»

«Ja, gute Idee! Nur daß deine Mutter nicht will, daß ich mit dir verkehre. Die hat 'nen richtigen Pik auf dich. Aber das kriege ich auch irgendwie geregelt.»

«Hoffentlich. Außerdem mußt du dich unbedingt wie ein Mädchen benehmen lernen, bis Hiroshi kommt, hörst du?»

«In Ordnung. Du aber auch. Sieh zu, daß du nicht dauernd die Heulsuse abgibst. Da kann man ja nicht hingucken! Vergiß nicht, daß du jetzt ein richtiger

Mann bist, mit einem Pimmel zwischen den Beinen. Also dann, du hörst wieder von mir.»

In dem Moment, wo ich den Hörer auflegte, spürte ich plötzlich, daß jemand hinter mir stand. Ich drehte mich um und erstarrte. Kazumis Mutter! Mit finsterer Miene schüttelte sie den Kopf, als wollte sie ihren Ohren nicht trauen.

«Es ... es ... es tut mir leid. Das ist ... das ist mir nur so rausgerutscht. Ich wollte nämlich...»

«Was wolltest du?»

«Ich wollte nämlich, ich wäre ein Junge.»

«Ein Junge? Was soll das heißen?»

«Jungen bekommen eben nicht die ... die Tage. Ich bin das alles schon irgendwie leid...»

«Was für ein Unsinn! Du solltest dich freuen. Das ist das Symbol der Frau! Neulich war in der Zeitung in der Spalte ‹Beratung rund um den Körper› der Brief einer Oberschülerin abgedruckt, die schrieb, sie sei ganz verzweifelt, weil sie sie noch nicht hätte. Verglichen mit ihr solltest du wirklich dankbar sein!»

«Ja. Ja! Oh, was bin ich dankbar!!!»

«Kazumi!» Nur durch einen Riesensprung seitwärts konnte ich ihr mit knapper Not entwischen und rettete mich in Kazumis Zimmer.

Als die Klassenkameraden wieder von der Schulfahrt zurückkamen, ging auch die Regenzeit zuende und es herrschte eine schwere, feuchte Sommerhitze.

Kazumis Mutter hatte einen Badeanzug hervorgeholt und sagte mir, ich sollte ihn mal anprobieren.

«Letztes Jahr war er schon ein bißchen knapp. Du brauchst sicher einen neuen.»

Ich ging ins Badezimmer und probierte ihn an. Der Badeanzug war tatsächlich an allen Ecken und Enden zu knapp. Er schnürte mir die Taille ein und klemmte hinten zwischen den Backen wie ein Lendenschurz. Und nicht nur das, vorne zog er sich so hoch, daß man das Schlitzchen erkennen konnte.

Weil Kazumis Mutter hereinlugte, schlang ich mir schnell ein Badehandtuch um den Körper.

«Wie ist es?»

«Unmöglich! Unten herum ist er so eng, daß sich alles abzeichnet.»

«Dann müssen wir dir halt einen neuen kaufen.»

«Hm!» Darüber mußte ich sofort mit Kazumi reden. «Was für einen Badeanzug soll ich mir denn aussuchen?»

«Am besten wieder so einen sportlichen Einteiler in Dunkelblau.»

«Hm, genau das wollte ich auch sagen, aber deine Mutter meinte, ich sollte mir lieber einen schicken bunten aussuchen, damit ich etwas weiblicher aussehe. Du hättest seit dem vorigen Sommer schon von einem roten Bikini geschwärmt.»

«Ja, das stimmt. Als mich mein großer Bruder voriges Jahr mit ins Schwimmbad genommen hatte, trug seine Freundin so einen Bikini. Da wollte ich auch gern so einen haben. Du, ich hab's. Laß dir doch gleich zwei Badeanzüge kaufen, den Einteiler für die Schule und den Bikini für sonst.»

«Mach ich!»

«Soll ich mitgehn?»

«Nein, laß das lieber. Es ist besser, wenn du deiner Mutter nicht unter die Augen kommst. Ich tue, was du gesagt hast.»

«Danke.»

So kam es, daß ich Kazumis Mutter zwei Badeanzüge abschwatzte.

«Natürlich, sollst du haben. Ich habe mich sowieso schon gewundert, daß du in der letzten Zeit gar nichts von mir gekauft haben möchtest. Von deinem Taschengeld hast du auch kaum was ausgegeben...»

Daß es so glatt gehen würde, hatte ich nicht erwartet. Sie nahm mich also mit ins Kaufhaus, und ich bekam einen blauen Einteiler und einen Bikini, aber feuerrot, so einen winzigen, wie ihn die üppigen Mannequins auf den Plakaten für Sonnenöl tragen.

Danach gingen wir beide in ein Café, und Kazumis Mutter bestellte mir einen großen Schokobecher.

«Das war aber nicht nötig», sagte ich bescheiden.

Kazumis Mutter sah mich mit einem durchbohrenden Blick an.

«Ist was?» fragte ich ahnungslos.

«Sag mal, du hast eben ‹Das war aber nicht nötig› gesagt, nicht wahr?»

«Ja.» Ich zuckte mit den Schultern.

«Findest du das nicht auch reichlich förmlich gegenüber deiner eigenen Mutter?»

«So? Ich wollte mich nur bedanken, und da ist mir das eben rausgerutscht.»

«Ach so. Seltsam. Wenn ich so überlege, ist es das erste Mal, daß du in dieser Art mit mir sprichst. Ja, ja, meine Kazumi wird auch langsam erwachsen!»

«Mag sein. Sag mal, wie fandest du ‹deine Kazumi› früher eigentlich?»

«Tja, einerseits hat sie sich gern schick angezogen, immer adrett, war gesprächig, aber doch ziemlich burschikos im Umgang. Ich hätte sie mir immer etwas weiblicher gewünscht.» Dabei sah sie mir forschend ins Gesicht. «Aber keine Sorge. Du bist viel hübscher, als ich in deinem Alter war, und wirst bestimmt eine begehrte junge Frau werden.»

Was hätte ich darauf sagen können?

«Und dann wirst du einen guten Mann finden, nein, ein netter Mann wird dich finden, und du wirst eine glückliche Braut!»

Ich kam ins Schwitzen. Erstens hatte ich keine Ahnung, was für einen Mann Kazumi einmal heiraten möchte, und außerdem wurde ich nervös bei dem Gedanken, einen Mann heiraten zu müssen, falls ich nie wieder in meinen Jungenkörper zurückkehren kann. Wenn es für Kazumi alles Glück dieser Erde bedeuten sollte, einen Mann zu heiraten, dann möchte ich ihr aber keinen Stein in den Weg legen.

Dieser Gedanke ließ mir keine Ruhe. Um ihr wenigstens eine kleine Freude zu machen, zog ich mir an einem Tag, an dem wir Schwimmen hatten, den feuerroten Bikini an, als ich zur Schule ging.

Kazumi hatte die dunkelblaue Badehose an, die ich im vorigen Jahr getragen hatte, was mich erleichterte. Nur daß sie mit eingezogenen Schultern und vor der nackten Brust verschränkten Armen verschämt dahergetrippelt kam…

Mensch, lauf doch nicht rum wie ein Mädchen! Streck die Brust raus und geh aufrecht wie ein Mann! hätte ich ihr am liebsten zugerufen und machte vor, wie sie zu gehen hatte.

Als Kazumi mich im Bikini entdeckte, setzte sie zum Sprechen an, aber es kam nur ein wirres Gestammel heraus. Doch schon im nächsten Augenblick kam sie mit hochrotem Kopf auf mich zu und haute mir ohne Vorwarnung rechts und links eine runter. Erst jetzt fiel mir auf, daß ich mit dem Hemd auch das Oberteil des Bikinis ausgezogen hatte!

Unterdessen gab es Sommerferien. Normalerweise freuen sich alle, wenn die Sommerferien beginnen, aber mir lag ein Stein auf der Seele. Das Zeugnis, das ich am letzten Schultag bekommen hatte, war für mich das bisher beste, aber als Zeugnis von Kazumi Saito mußte es das bisher schlechteste sein, denn Kazumis Mutter war ganz niedergeschlagen. Dafür konnte ich aber wirklich nichts, denn ich war und blieb doch Kazuo Saito, auch wenn ich äußerlich wie Kazumi aussah.

«Nun ja, nach dem Schulwechsel mußtest du dich sicher erst an deine neue Umgebung gewöhnen, und außerdem bist du von der Treppe gefallen und hast dich am Kopf verletzt, da kann man halt nichts machen. Da mußt du eben in den Sommerferien was für die Schule tun und den Lehrstoff aufholen, dann wird's schon wieder gehn», sagte Kazumis Mutter, als ob sie sich selbst trösten wollte. Schön wär's, wenn das so einfach ginge, aber ich war mir da nicht so sicher.

Obendrein kam der gefürchtete fünfte August immer näher. Das war Kazumis Geburtstag und damit der Tag, an dem Kazumis Angebeteter aus der vorigen Schule kommen sollte.

Ich nahm Kazumis Fotoalbum hervor und prägte mir das Gesicht von diesem Freund, dem Hiroshi, gut ein.

Ich mußte mir das Foto wohl zu genau angesehen

haben, denn sein Gesicht verfolgte mich bis in meine Träume, so daß ich mitten in der Nacht schweißgebadet aufwachte.

Wenn das so weitergeht, bekomme ich so einen Haß auf den, daß ich ihm beim ersten Treffen gleich an die Gurgel springe!

Dann kam der Morgen des bewußten Tages. Kazumis Vater war außer Haus, weil er an irgendeinem Fortbildungskurs für Firmenangehörige teilnehmen mußte, der jüngere der beiden großen Brüder war bei einem Camp seines Fußballclubs, und der große Bruder war schon früh am Morgen zum ‹Sommer-Seminar zur Steigerung der schulischen Leistungen›, einer Art Paukschule, losgegangen.

So nahmen Kazumis Mutter und ich zu zweit ein spätes Frühstück ein. Beim Abräumen sagte sie zu mir: «Kazumi, ich weiß ja, daß du das Wiedersehen mit Hiroshi kaum erwarten kannst. Aber sei doch nicht so fahrig und beruhige dich etwas!»

Von Kazumis Mutter hätte ich wirklich etwas mehr Gespür erwartet. Wenn sie mir einmal richtig in die Augen gesehen hätte, hätte sie schon merken können, daß ich nicht aus Vorfreude, sondern aus Angst so fahrig war.

«Also gut, wenn du doch keine Ruhe hast, kannst du ja schon ein bißchen früher zum Bahnhof gehen. Auf dem Rückweg könnt ihr euch dann ein Taxi nehmen.»

Wenn ich ehrlich sein soll, gab es auch einen triftigen Grund für meine Unruhe. Denn heute sollte nicht nur Kazumis einseitige Liebe, Hiroshi – Hiroshi Yamamoto heißt der richtig – kommen, bei dem allein würde ich die Sache noch irgendwie hinbiegen, sondern der bringt noch eine Freundin namens Akemi Yoshino mit.

Kaum hatte mir Kazumis Mutter das Geld für das Taxi gegeben, da stürmte ich auch schon aus dem Haus.

«Kazumi, es ist doch noch viel zu früh!» rief mir die Mutter aus dem Inneren des Hauses hinterher, aber ich kümmerte mich nicht darum. Bis zur Ankunft der beiden blieben mir zwar noch volle anderthalb Stunden, aber ich hatte Sorge, ob die Zeit überhaupt reichen würde. Diese Personen namens Hiroshi Yamamoto und Akemi Yoshino hatte ich nämlich nur auf dem Foto gesehen, sonst wußte ich rein gar nichts über sie. Bis dahin mußte ich mich also mit Kazumi gut absprechen, damit nicht jeder was anderes erzählt, sonst wird Kazumis Mutter noch mißtrauischer.

Von einem öffentlichen Telefon aus rief ich Kazumi an. Sie schien schon darauf gewartet zu haben, denn sie sagte, sie käme sofort.

Mit einer Art Tirolerhut, einem weißen Sporthemd und einer kurzen Jeans, dazu ziemlich großen, weißen Basketballschuhen sah sie (er?) richtig schick aus. Nur gefiel mir nicht, daß sie in der Eile vergessen hatte, den Reißverschluß ihrer Jeans hochzuziehen.

Kazumi lächelte mich außer Atem an. «Um zehn kommen sie an, nicht?»

Es ärgerte mich, sie in so guter Laune zu sehen. Sonst bekam sie immer schon das heulende Elend, wenn sie mich nur sah. Sie mußte sich wirklich unheimlich darauf freuen, diesen Knaben, den Hiroshi, wiederzusehen. Um ehrlich zu sein, ich war ein bißchen eifersüchtig. Deshalb sagte ich in einem ziemlich affektierten Ton zu ihr: «Also weißt du, es ist mir peinlich, dich Hiroshi vorzustellen, auch wenn du mein Freund bist.»

«Wieso?»

«So wie du aussiehst: Dein Hosenstall steht offen, und das Pferdchen guckt schon raus. Pfui Teufel!»

Kazumi wurde puterrot und riß sofort den Reißverschluß hoch. Im selben Augenblick schrie sie auch schon: «Autsch!»

«He! Geh gefälligst vorsichtiger um mit Sachen, die dir nicht gehören!»

«Deine Schuld! Du hättest es ja auch ein bißchen anders sagen können.»

«Halt die Klappe! Du bist jetzt ich, also was du machst, macht Kazuo Saito. Deshalb paß besser auf, verstanden?»

Sie blitzte mich wütend an. «Verstanden, werd schon aufpassen. Aber sieh du lieber zu, daß du dich endlich wie ein Mädchen benimmst, verdammt nochmal!»

«Ja, ja, ist ja gut!» sagte ich kleinlaut.

Einen Augenblick hätte es mir fast die Sprache verschlagen. Wenn sie wollte, konnte sie den Jungen ja richtig überzeugend spielen! Phantastisch!

Aber jetzt war nicht die Zeit, sich lange in Erstaunen zu ergehen. Wir hatten Wichtigeres zu tun. «Und was soll ich nun machen, wenn dieser Hiroshi kommt?»

«Das ist nicht ‹dieser Hiroshi›!»

Träumerisch verlor sich ihr Blick in der Ferne. «Ob er sich wohl verändert hat? Ich habe ihn so lange nicht mehr gesehn...» sagte sie mehr zu sich selbst.

«Freust du dich denn so sehr, ihn wiederzusehn?»

«Und wie! Wirst selber sehn, wie toll der ist!»

Ich spürte wieder, daß ich sie unbedingt ärgern mußte.

«Pah, dann denk jetzt mal ein bißchen über deine eigene Situation nach! Wenn du dich so, wie du bist, an diesen Knaben – Hiroshi, oder wie der heißt – klebst, dann denkt der noch, du wärst scharf auf ihn!»

Die arme Kazumi wurde ganz bleich und sah mich fassungslos an. Ich faßte meinen Rock an beiden Seiten, machte einen Knicks, legte den Kopf schief und lächelte sie an. Im Nu hatten sich ihre Augen mit Tränen gefüllt.

«War doch nur Spaß, Kazumi! Ich hab doch nur Quatsch gemacht», versuchte ich schnell, sie zu trösten.

«Laß mich in Ruh! Niemand kann mir helfen! Ich armes, armes Ding!» schrie sie in einem Anflug von Verzweiflung.

«Tut mir leid. War gemein von mir. Aber versetz dich auch mal in meine Lage! Du hast gut reden, aber ich kriege womöglich den Schädel in Scheiben geschnitten und das Gehirn durchgemixt. Denk auch mal ein bißchen an mich, Mensch! Stell dir vor, ich hab nachher lauter kahle Stellen am Kopf, da wo sie ihn durchgeschnitten haben!»

«Ja, ich hab's kapiert. Du spielst das Mädchen und ich spiel den Jungen, zufrieden?»

Danach gingen wir endlich zum Bahnhof. Auf einer Bank im Schatten der Platanen auf dem Bahnhofsvorplatz bekam ich nun eine Sonderlektion in Benimmfragen über das Thema, wie ich Herrn Hiroshi Yamamoto zu empfangen hätte.

«Nicht doch! Das ist zu gekünstelt, dieses Lachen.

Ein bißchen verschämt. Verstehst du nicht! Schüchterner! Stell dich nicht so an! Ach, das ist viel zu kokett!»

Unter Kazumis Regie lächelte ich mal freundlich, mal verschämt, lernte zu kokettieren und mit beleidigten Blicken zu schmollen, so daß ich bald in Schweiß gebadet war.

Als ich es langsam leid war und zufällig einen Blick hinter unsere Bank warf, entdeckte ich ein Mädchen etwa in unserem Alter, das mich ansah, als wollte es seinen Augen nicht trauen. Es war nicht besonders groß, aber schlank, die Haut sonnengebräunt, das schmale Gesicht war eher jungenhaft geschnitten. Zu einem gelben T-Shirt mit Spaghettiträgern trug sie weiße Shorts, eine weiße Schirmmütze und rote Riemchensandalen.

Klassefrau! dachte ich bei mir, aber da sie mich weiter so unverschämt anstierte, brüllte ich sie unversehens an: «He, hier gibt's nichts zu gaffen! Troll dich!»

Jetzt sah sich auch Kazumi nach ihr um. Und schrie auf: «Akemi! Wo ist denn Hiroshi?»

O verflucht, dieses Mädchen mußte Kazumis alte Freundin Akemi Yoshino sein!

Ich echote schnell: «Akemi! Wo ist denn Hiroshi?»

Akemi sah abwechselnd Kazumi und mich an, wobei sie das Gesicht mir zugewandt hielt und nur mit den Augen zu Kazumi sah. «Ach, der hat sich wie eine Klette an mich gehängt. Das wurde mir einfach zuwider, deshalb habe ich ihn eine Dose Limo kaufen geschickt und bin schnell in den früheren Zug eingestiegen. Da bin ich also.»

Kazumi war den Tränen nahe. «Du bist gemein!» schrie sie und rannte zur Sperre am Bahnhofseingang.

Akemi guckte ihr nachdenklich hinterher, aber nun wandte sie sich zu mir um und fragte: «Sag mal, du bist in Wirklichkeit der Kazuo, stimmt's?»

«Hm!» Ehe ich es merkte, hatte ich schon zustimmend genickt.

«Also doch!» sagte Akemi und wanderte langsam einmal um mich herum, wobei sie mich musterte, als müßte sie ein Wundertier inspizieren. Als sie wieder am Ausgangspunkt angelangt war, blieb sie stehen und kniff mir unvermutet in die Brust.

«Aua! Was fällt dir ein?» Mit einer Reflexbewegung schlug ich ihre Hand beiseite.

«Ich muß doch sicher sein, daß das auch echt ist, was du da in der Bluse hast.»

Kaum hatte Akemi ausgesprochen, da hatte sie diesmal den Saum meines Kleides gepackt und riß ihn hoch.

«He, hör auf damit, sag ich!»

Akemi ließ los und sagte ernst: «Hm! Baumelt wirklich nichts da unten dran.»

«Natürlich nicht, blöde Gans!»

«Und die Stimme ist genau wie die von Kazumi. Also du bist doch die Kazumi, stimmt's? Du hast mir den Brief nur geschrieben, um mir einen Streich zu spielen.»

Akemi schien wirklich zu wissen, daß Kazumis und mein Körper vertauscht worden waren.

«Ach! Sag mal, wieviel weißt du eigentlich von der Sache?»

«Wieviel? Also, in dem Brief stand doch: ‹Es ist was Schreckliches passiert. Ich möchte sterben.›»

«So was hat die dir geschrieben?»

«Ich dachte, Kazumi schwärmt bestimmt neuerdings für Science-ficition und hat sich selber eine tolle Geschichte ausgedacht.»

«Und? Was denkst du jetzt?»

Akemi fing wieder an, mich von Kopf bis Fuß zu mustern.

Weil ich fürchtete, daß sie mir wieder an die Brust greifen oder unter den Rock gucken könnte, hielt ich mich in Abwehrstellung.

«Schwer zu sagen. Einerseits könnte ich dir glauben, wenn du sagen würdest, du wärest Kazumi. Andererseits könnte dieser komische Weichling da eben auch gut Kazumi sein. Im Augenblick steht es fünfzig zu fünfzig, würde ich sagen. Jedenfalls stand in Kazumis Brief: ‹Ich bin vom Teufel besessen, und dieser Teufel heißt Kazuo Saito.› Deshalb hatte ich fest geglaubt, dieser Kazuo Saito hätte sich an Kazumi vergangen oder so.»

«Ach, hör auf! Da könnte ich genausogut sagen, daß ich von ihr besessen bin. Als wir nach dem Zusammenprall wieder zu uns kamen, waren unsere Körper miteinander vertauscht. Ich hab mir alle Mühe gegeben, mich wie Kazumi zu benehmen, aber ihre Mutter findet, daß ich nicht ganz richtig im Kopf bin, und sagte, sie will mir in der Klinik den Kopf in Scheiben schneiden und den Grips mal kräftig durchmixen lassen. So, wo du nun schon mal Bescheid weißt, kannst du uns wenigstens helfen. Wir sind nämlich mit unserem Latein am Ende.»

«Ja, wenn ich euch irgendwie helfen kann, natürlich gerne, nur...»

Inzwischen war der nächste Zug angekommen, und

wir sahen, wie Kazumi einen hochaufgeschossenen, leicht verstimmt dreinblickenden Jungen aus dem Bahnhof herausführte.

«Sag mal, die Bohnenstange da vorn, ist das der Typ namens Hiroshi?» fragte ich Akemi, worauf sie sagte: «Ja, richtig geraten. Das ist der Kerl!» und in schallendes Lachen ausbrach. Es schien ihr Spaß zu machen, auch mal richtig mit Kraftausdrücken um sich zu werfen.

«Na prima, auf geht's! Dann wollen wir mal eine Runde Kazumi spielen!»

Ich setzte mein strahlendstes Lächeln auf und lief dem großen Jungen entgegen.

«Hallo! Wie nett, daß du gekommen bist!» Kazumis Regieanweisung entsprechend gab ich Hiroshi die Hand.

«Hallo! Mann, du siehst ja auf einmal richtig erwachsen aus!» Hiroshi sah mir lange forschend ins Gesicht. Ich verlor den Faden und sah hilfesuchend zu Kazumi rüber.

«Bestimmt, weil ihr euch so lange nicht gesehen habt», soufflierte Kazumi, deshalb echote ich sofort: «Ja, bestimmt, weil du mich so lange nicht gesehen hast.»

Akemi hatte mich inzwischen eingeholt. In ihren Augen blitzte der Schalk, als sie sagte: «Unser Hiroshi ist mittlerweile auch ein richtig steiler Hecht geworden, findet ihr nicht?»

Ohne zu überlegen, nickte ich. «Ja, das kann man wohl sagen.» Das tat mir im selben Augenblick auch schon wieder leid. Aber ehe ich mich entschuldigen konnte, hatte Kazumi, dieses Weib, mir schon eine schallende Ohrfeige verpaßt. Ich hatte Mühe, die aufsteigende Wut zu unterdrücken.

«He, was fällt dir ein?»

Überraschenderweise war es Hiroshi, der Kazumi anfuhr. Vor Spannung ganz blaß im Gesicht und am ganzen Körper zitternd, sah er Kazumi herausfordernd an. «Wie ... wie ... wie kommst du dazu, Kazumi einfach zu schlagen? Was denkst du denn, wer du bist?»

Auch Kazumi war bleich geworden. Hiroshi, der wohl erwartet hatte, daß Kazumi sich auf ihn stürzen würde, gewann seine Fassung wieder, als er merkte, daß sie keine Anstalten dazu machte.

«Kazumi, wie kannst du nur mit so einem Schlägertypen gehen? Ich an deiner Stelle würde sofort mit ihm Schluß machen», sagte er, wobei er seine Hände auf meine Schultern legte. Ich dachte, das ist die Chance, und legte mein Gesicht auf Kazumis Schulter, was aber wieder mal Kazumi so in Wut versetzte, daß sie mir diesmal einen Tritt vors Schienbein gab. Das ging mir nun wirklich über die Hutschnur!

«Nun mach aber halblang, du Hornochse, dämlicher! Wo's doch grade so gut lief! Denk bloß mal an deine eigene Lage!»

Kazumi sah mich eine Sekunde erschrocken an, dann schien sie zu begreifen, was sie angerichtet hatte, denn sie wurde knallrot.

Hiroshi sah diesmal allerdings mich entsetzt an. Ich beeilte mich, die Situation wieder hinzubiegen, indem ich flötete: «Oh, es tut mir leid, daß mir so was rausgerutscht ist, hahaha! Vor lauter Freude über das Wiedersehen bin ich ganz aus dem Häuschen. Aber kommt, wir gehen jetzt erst mal zu mir nach Hause. Kazuo, sei aber bitte friedlich, hörst du!»

«Ja. Es tut mir leid. Entschuldigt bitte.»

«Ist schon gut. Komm auch mit zu uns, bitte!»

Hiroshi klapperte nur verwundert mit den Augendeckeln, aber Akemi, die allmählich begriff, was hier vor sich ging, bekam Gefallen an dem Spiel und versuchte dauernd, mich zu provozieren. Als wir zum Beispiel auf ein Taxi warteten, grinste sie mich an: «He, Kazumi, dein Freund ist ja 'n richtig dufter Typ. Kannste mir mal ausleihen!»

Oder: «Hiroshi! Wo ihr euch nun endlich mal wiedergetroffen habt, kannst du wenigstens mit ihr Händchen halten!» und bog sich vor Lachen.

Endlich kam ein Taxi. Wir stiegen ein und fuhren zu Kazumi nach Haus. Ihre Mutter mußte das Klappen der Autotüren gehört haben, denn sie streckte gleich den Kopf heraus. Obwohl ihr Blick Kazumi streifte, sagte sie nichts weiter, sondern lud uns ins Haus ein, führte uns ins Wohnzimmer und verschwand in der Küche. Um nicht wieder etwas Falsches zu sagen, beschloß ich, möglichst wenig zu sprechen und ansonsten nur freundlich zu lächeln. Erst jetzt bemerkte ich, daß Kazumi schon die ganze Zeit über versucht haben mußte, mir ein Zeichen zu geben. Mit der Kinnspitze bedeutete sie mir, das Zimmer zu verlassen. Als ich nur den Kopf schüttelte und sie fragend ansah, sagte Akemi, die alles beobachtet haben mußte, zu mir: «Du sollst deiner Mutter helfen gehen, Mensch!»

Ich flüchtete schleunigst in die Küche.

«Ach, gut, daß du kommst! Ich wollte dich gerade rufen. Du kannst schon mal die Erfrischungstücher für die Hände mitnehmen. Ich bringe das Eis gleich», sagte Kazumis Mutter bestens gelaunt. Als ich gerade die Tücher ausgeteilt hatte, kam sie mit dem Eis herein. Mir fiel ein, daß ich mir hier einige Pluspunkte verdienen könnte, und sagte: «Mama, ruf mich bitte, wenn du mich brauchst. Ich komme dann sofort.»

Worauf sie entgegnete: «Nein, ist schon gut. Unterhalt du dich hier mit deinen Freunden. Ihr habt euch ja so lange nicht gesehen, da gibt es sicher viel zu erzählen.» Dann ging sie.

Aber es war irgendwie eine komische Situation: Kazumi himmelte immerzu nur Hiroshi an, während Akemi unverhohlen Kazumi anglotzte.

Endlich brach Kazumi das Schweigen: «Hiroshi, möchtest du Kazumi nicht etwas von deiner Schule erzählen? Vielleicht wie es dem Baby von Frau Kurosawa geht oder so. Frau Kurosawa ist doch mit Hiroshis Cousin verheiratet, nicht?»

«Wie bitte? Woher weißt du das?» staunte Hiroshi.

«Von Kazumi natürlich. Sie hat mir auch viel von dir erzählt. Daß du ein ganz toller Junge wärst, zum Beispiel, und ich muß sagen, wo ich dich jetzt selbst kennengelernt habe, daß das auch stimmt.»

«Na ja, so toll nun auch wieder nicht, aber verglichen mit dir immer noch dreimal besser.»

Mit Kazumi hatte ich abgemacht, daß ich nur mit ‹ja› oder ‹ach so› oder dergleichen antworten sollte, aber die Art, wie dieser Hiroshi einen beleidigen konnte, brachte mich so in Wut, daß ich ihn anfuhr: «He, dir geht's wohl zu gut, was!»

Akemi fiel gleich im selben Ton ein: «Ja, Kazumis

Freund hier würde nie so was Gemeines sagen, das finde ich so gut an ihm. Kazumi, leih ihn mir mal eben!»

Und damit fiel sie Kazuo auch schon um den Hals und küßte ihn, das heißt, eigentlich fiel sie Kazumi um den Hals, die ja in meinem Körper steckte. Kazumi war so verdutzt, daß sie keinen Ton herausbrachte, nur Hiroshi stotterte mit piepsiger Stimme: «Aber Akemi!»

Die sah ihn scharf an. «Halt die Klappe! Bist wohl eifersüchtig! Wenn's dir nicht paßt, kannste ja die Kazumi küssen!»

Ganz entgeistert sah Hiroshi zu mir herüber. Ich war entschlossen, mich keinesfalls von diesem Typen abküssen zu lassen, und hielt mich schon in Abwehrstellung.

Allerdings gab es da noch eine Person, die uns fassungslos zugesehen hatte: Kazumis Mutter!

Akemi sagte jedoch gleich geistesgegenwärtig: «Ach, Frau Saito! Nein, das ist mir aber peinlich! Aber nehmen Sie es bitte nicht so ernst. Zur Zeit ist es unter den Mädchen Mode, sich wie rauhbeinige Jungen zu benehmen. Ich hab mir das schon so angewöhnt, daß ich das auch zu Hause gar nicht mehr ablegen kann und deswegen dauernd von meiner Mutter ausgeschimpft werde. Ist Ihnen das bei Kazumi noch nicht aufgefallen?»

Kazumis Mutter sah mich unschlüssig an.

Da antwortete unerwarteterweise Kazumi selbst: «Quatsch! Kazumi ist nicht so ein Rüpel wie du! Sie ist das einzige richtige Mädchen, das wir überhaupt in unserer Klasse haben!»

Kazumis Freundin Akemi Yoshino war ein kluges Mädchen, das schnell schalten kann. Dank ihrer Geistesgegenwart verdächtigte mich Kazumis Mutter nun kaum noch. Andererseits gab ich mir aber von da ab auch wirklich alle Mühe, meine Mädchenrolle als Kazumi Saito perfekt zu spielen.

Kazumi hingegen war furchtbar enttäuscht, daß ihr einst so angehimmelter Freund Hiroshi Yamamoto in Wirklichkeit ein ziemlich eingebildeter, widerwärtiger Typ war.

Die Stimmung auf Kazumis Geburtstagsparty war nicht gerade fröhlich gewesen bei allem, was sich da abgespielt hatte, aber der Nachmittag ging dann doch noch ohne größere Zwischenfälle zu Ende, und wir gingen alle gemeinsam zum Bahnhof, um Hiroshi und Akemi zu verabschieden.

Unterwegs bemühte sich Akemi mit allen möglichen Späßchen, Kazumi aufzuheitern, und hakte sich extra bei ihr ein.

In einer Art Trotzreaktion versuchte Hiroshi nun, sich an mich zu hängen, aber ich drehte mich geschickt weg und zwitscherte: «Tut mir leid, aber ich bin so verschwitzt...»

Das schien ihm aber kein ausreichender Grund zu sein, denn er sah mich seltsam forschend an und entgegnete: «Irgendwie hast du dich verändert. Früher warst du immer gut gelaunt und hast gern geredet. Heute bist du so grob, daß man bald Angst vor dir kriegt.»

«Was willst du damit sagen?»

«Soll das vielleicht bedeuten, daß du mich nicht mehr leiden kannst?»

Ich gab ihm keine Antwort, was für ihn aber ‹ja, genau› zu heißen schien, denn er lief den Rest des Weges zerknirscht neben mir her, ohne noch ein Wort zu sagen. Nachdem Kazumi und ich am Bahnhof ihre Freunde verabschiedet hatten, gingen wir den Weg zurück schweigend nebeneinanderher. Zum Abschied sahen wir einander nur kurz ins Gesicht.

Kazumi, die bis dahin so oft nach mir gucken gekommen war, tauchte danach plötzlich nicht mehr bei mir auf. Von Akemi kam ein Dankesbrief, in dem sie schrieb, sie würde sich wegen uns beiden Sorgen machen und würde uns gerne noch einmal treffen, aber ich wußte nicht, wie ich darauf reagieren sollte. Wieder und wieder versuchte ich, am Telefon mit Kazumi zu sprechen, aber sie war nie da.

Hinzu kam, daß irgendeine Tante mütterlicherseits krank geworden war und Kazumis Mutter zu ihr fuhr, um sie zu pflegen, während ich in ihrer Abwesenheit ‹meinen› Brüdern das Essen kochen und den Haushalt machen mußte und also alle Hände voll zu tun hatte, so daß ich nicht zu Kazumi gehen konnte.

Als die Sommerferien zu Ende waren und die Schule wieder begann, fehlte Kazumi. Beim Putzdienst nach dem Unterricht fiel mein Blick auf Masaneko. Richtig heißt er Masao Kaneko und wohnt in Kazumis Nachbarschaft, das heißt in Kazuo Saitos Nachbarschaft. Bei Masaneko mußte man gut aufpassen, denn vor Jungen, die stärker waren als er, buckelte er, aber bei kleineren oder schwächeren wurde er frech. Also, er war nicht gerade ein Typ, der mir lag, dafür kannte er aber jedes noch so winzige Gerücht, und ich beschloß, ihn mal so nebenbei auszuhorchen.

«Sag mal, Kaneko, der Kazuo Saito ist heute gar nicht da. Weißt du, was mit dem ist?»

Masaneko war bisher sicher noch nie von einem Mädchen so sanft angesprochen worden, darum schien er sich auch arg zu freuen, grinste breit über das ganze Gesicht, zog mich laut atmend in eine Ecke des Flurs und flüsterte mir ins Ohr: «Also weißt du, Kazumi, du hast ja keine Ahnung, was für ein Feigling das ist! Ich an deiner Stelle würde mir lieber 'nen anderen Freund suchen, auf den kannst du nicht zählen, wenn du mal Hilfe brauchst.»

«Wieso?»

Masaneko sah sich nervös zwinkernd nach allen Seiten um, griff sich zwischen seinen Beinen an die Hose und zog einmal kräftig nach vorn. Das machte er immer, wenn er aufgeregt war.

«Ich sag dir, der taugt nix! In den Sommerferien gab's abends wieder die Mutprobe auf dem Friedhof beim Zen-Tempel. Einer von den größeren Jungen, der als Gespenst verkleidet war, hat Kazuo zu fassen gekriegt. Da kippt dieser Waschlappen doch wahrhaftig vor Angst aus den Latschen! Na, was sollte der machen, das Gespenst bringt den Kerl auf dem Rücken zu uns geschleppt, und wie er ihn ablädt, ist sein Rücken klatschnaß. Nicht genug, daß dieser Waschlappen umkippt, der hat auch noch vor Angst in die Hose gepißt!»

«Das arme Ding!»

«Was? Das arme Ding? Bist du verrückt? Das ist 'n Junge! Ah, da fällt mir grade ein, daß er nicht mal im Stehen pinkeln kann! Das kann er angeblich nur im Sitzen. Deshalb schließt er sich zum Pinkeln extra im Klo ein.»

«Hm...»

Ich erinnerte mich an den Anblick, wie Kazumi vor den Sommerferien im Schwimmbad der Schule verschämt die Brust mit den Armen bedeckt hielt und wie ein Mädchen dahergetrippelt kam.

Wenn sie in dem Stil weitergemacht hatte, mußte es ja so kommen.

Aber Masaneko, der inzwischen in Fahrt gekommen war, plauderte noch eine Ungeheuerlichkeit aus: «Hihihihi! Da gibt's noch 'ne schöne Geschichte! Na, wir haben schon gedacht, der hätte seinen Pullermann irgendwo verloren, und da haben wir ihn obduziert. Wir wollten doch sichergehn. Hihihi, weißte, was das ist, ‹obduziert›? Keine Ahnung, was? Also, dem haben wir die Hosen runtergezogen und geguckt, ob einer dran ist oder nicht. Und was soll ich dir sagen: ist 'n richtiger ordentlicher Johannes dran! Da lachste dich krumm! Nur der Typ, der fängt an zu flennen wie ein Mädchen, einfach zum Kotzen!»

Ich fühlte, wie mir die Galle hochstieg. Und wenn Kazumi Kazuo ein Feigling ist, der nix taugt, was geht das diesen Masaneko an? Soll ihn doch in Ruhe lassen, verdammt noch mal!

Ohne Vorwarnung verpaßte ich ihm eine saftige Ohrfeige.

«Was fällt dir ein?»

Masaneko dachte natürlich, er hätte es mit einem Mädchen zu tun, das er leicht einschüchtern könnte, indem er mich beim Nacken packte. Aber ich schüttelte seinen Arm ab, packte ihn meinerseits beim Nacken und sagte: «Was mir einfällt? Halt ja das Maul! Denk lieber drüber nach, was dir eingefallen ist! Alleine wärst du zu feige dazu, aber zu mehreren, da umringt ihr ihn und quält ihn. Einfach gemein! Ich werde dir's zeigen, daß du am eigenen Leib spürst, was du ihm angetan hast!»

Wie vom Donner gerührt stand Masaneko da und starrte mich mit offenem Mund an. Ich aber schleuderte seinen Körper herum und riß ihm die Hose samt Unterhose runter.

«Huah!»

Er gab einen tierischen Schrei von sich und wollte sich schnell niederhocken, was ich aber verhinderte, indem ich ihm kräftig ins Hinterteil trat.

Vom Lärm angelockt, kamen nun die anderen zusammengelaufen und stellten sich zwischen uns.

Masaneko, den Tränen nah, zerrte seine Hosen hoch und schrie mich an, um seine Schmach zu überspielen: «Du Mannweib, dämliches! Kannst dir ja von Kazuo den Pipimann geben lassen, dann biste gleich 'n Mann!»

«Ja, keine schlechte Idee! Ich kann ja erst mal deinen Pipimann ausreißen und mir anprobieren, wie wär's?»

Alle bogen sich vor Lachen. Aber mir war gar nicht zum Lachen zumute. Ich hatte es bitterernst gemeint.

Als das Gelächter nachließ, scharten sich die Mädchen in Grüppchen um mich und gaben ihre Kommentare ab.

«Ehrlich, das hat richtig gutgetan. Der belästigt nämlich immer die Mädchen, wenn es keiner sieht.»

«Toll, die Saito, wie die den fertiggemacht hat! Ich habe mir schon immer gewünscht, der bekäme mal eine ordentliche Abreibung!»

Nur eins von den Mädchen, Keiko Kawahara, sagte leise zu mir: «Aber ein bißchen übertrieben war es schon.»

«Ja, du hast recht», sagte ich, denn ich wußte nur zu gut, daß ich wieder mal zu weit gegangen war.

Keiko Kawahara sah mir lange ins Gesicht und stellte schließlich fest: «Eigentlich bist du ganz nett!»

Wie Akemi Yoshino war sie ein Typ, den die Jungen für altklug und arrogant hielten, aber bei den Mädchen war sie mit ihrer offenen Art beliebt. Allerdings musterte sie mich so ausgiebig, daß mir die Situation peinlich wurde und ich davonlief.

Eigentlich bist du ganz nett!

Immer wieder ging mir dieser Satz durch den Kopf. Recht gesehen war es ja auch kein Wunder, daß mich alle komisch fanden. Seit ich in Kazumis Körper steckte, hatte ich nicht ein einziges Mal mit den anderen Mädchen aus meiner Klasse gespielt. Weil ich nicht immer mit Kazumi zusammen herumstehen konnte, sah ich meistens den Jungen aus der Ferne beim Spielen zu. Ich hatte sie zwar wiederholt gefragt, ob ich mitspielen dürfte, aber sie hatten mich nur komisch angeguckt und natürlich abgelehnt.

Wenn ich es mir genau überlege, habe ich eigentlich Kazumi auch nie mit Jungen spielen sehen. Genau wie ich stand sie mutterseelenallein da und schaute sehnsüchtig den Mädchen beim Spielen zu.

Als ich nach Hause kam, war niemand da. Auf dem Tisch fand ich das Mittagessen und einen Zettel. Darauf stand in der Handschrift von Kazumis Mutter, sie sei bis zum Abend wieder zurück und wir sollten alleine zu Mittag essen. Für das Abendessen würde sie etwas Fertiges kaufen, wir sollten uns deswegen keine Sorgen machen.

Das einfache Mittagessen bestand aus Nigiri für drei Personen, die sie mit Miso bestrichen und gebraten hatte.

Ich nahm mir zwei davon, wickelte sie in Alufolie, steckte sie ein und schrieb an den Rand des Zettels: «Bin spätestens gegen Abend wieder da. Kazumi.» Dann verließ ich das Haus.

Natürlich ging ich Kazumi besuchen. Auch sie saß mit trüber Miene ganz allein zu Haus. «Ich hab mich erkältet. Und Mutter ist ihre Schulfreundin im Krankenhaus besuchen gegangen...»

«Was! Das ist ja ein starkes Stück! Läßt ihr Kind mit Erkältung allein zu Hause sitzen und macht Krankenbesuche bei anderen Leuten!»

«Nein. Wenn ich ehrlich sein soll, ist die Erkältung ja schon wieder weg. Aber ich kann mich einfach nicht dazu aufraffen, in die Schule zu gehn.»

Ich nahm die Nigiri aus der Tasche und reichte ihr eins davon. «Iß mal. Hat deine Mutter gebraten.»

«Danke! Mutter hat mir bei einem Ausflug meistens Nigiri gemacht, seit ich überhaupt denken kann.»

Schweigend aßen wir unsere Nigiri.

«In den Ferien habe ich so oft versucht, dich anzurufen, aber es hat sich nie jemand gemeldet.»

«Hm. Deine Mutter war gebeten worden, stundenweise bei einer Firma auszuhelfen. Und ich war meistens den ganzen Tag in der Bibliothek. Wenn ich mal versucht habe, dich anzurufen, war komischerweise immer besetzt.»

«Ach, dein ältester Bruder führt immer Dauergespräche mit seiner Freundin, und deine Mutter war lange in Yokohama, weil sie deine kranke Großtante, oder wer das ist, pflegen mußte, und hat meistens abends angerufen, um uns zu sagen, was wir kochen sollten, oder um deinen Brüdern ins Gewissen zu reden. Deine Großtante ist übrigens wieder gesund. Außerdem soll ihr Sohn mit seiner Frau wieder aus dem Ausland zurück sein.»

«Ach so.»

«Komm doch morgen wieder zur Schule. Ich mach mir Sorgen, wenn du nicht da bist.»

«Hm, ich will's versuchen», sagte sie und seufzte tief.

«Ich verstehe ja gut, daß du nicht in die Schule gehen willst.»

«Du verstehst…?»

«Ja. Die Jungen in unserer Klasse, besonders der Masaneko, verbreiten da ein komisches Gerücht.»

Schon legte Kazumi ihr Gesicht auf den Tisch und weinte los.

«Arme Kazumi!»

Ich streichelte der weinenden Kazumi zärtlich den Rücken. Sie wischte ihre Tränen ab und hob das Gesicht.

«Verzeih mir bitte! Ich hatte schon gemerkt, daß die Situation brenzlig wurde, und war auf der Hut. Aber sie haben mich umzingelt und sich alle auf einmal auf mich gestürzt. Da war ich machtlos.»

«Mach dir nichts draus. Bei einem Mann ist das kein Grund, nicht heiraten zu können. Sag mir lieber, wer außer Masaneko noch dabei war.»

«Ich weiß nicht genau. Aber ich möchte nicht, daß du mich rächst. Nachher heißt es noch, der hat alles einem Mädchen gepetzt und sich von ihr rächen lassen. Wer weiß, was die dann noch alles mit mir machen. Außerdem sind sie in der Überzahl, und ich kann mich kaum wehren… Nur weißt du, es tut mir so leid für dich.»

«Was tut dir leid?»

«Weil ich mich so dumm benommen habe, denken jetzt alle, Kazuo Saito wäre ein schwächlicher Jammerlappen. Früher, als ich noch ein Mädchen war, hätten mir ein oder zwei Jungen von der Sorte überhaupt nichts ausgemacht. Aber jetzt … ich weiß auch nicht warum.»

«Mach dir nichts draus. Ich war sowieso noch nie so ein toller Bursche. Erstens bin ich nicht besonders gescheit, zweitens sehe ich natürlich nicht so Klasse aus wie dein Hiroshi Yamamoto, bin leicht aufbrausend, prügle mich gleich wegen jeder Kleinigkeit rum, bin launisch. Also, da ist nicht mehr viel zu verderben. Mach dir deswegen keine Sorgen, das lohnt sich nicht!»

«Vergib mir.» Kazumi fing wieder an zu weinen.

«Laß das! Ich muß mich bei dir entschuldigen. Hab dir das ganze Zeugnis versaut. Außerdem hatte ich mir fest vorgenommen, mich wie ein liebes, braves, wohlerzogenes Mädchen zu benehmen, aber wenn ich mich ärgere, kommen meine schlechten Angewohnheiten aus der Zeit, als ich noch ein Junge war, wieder durch. Um ehrlich zu sein, heute hab ich in der Schule auch wieder was angestellt.»

«Was denn?»

«Ja, also … diesem Masaneko hab ich die Hosen

runtergezogen und ihn ordentlich in den Hintern getreten.»

«Was!»

«Na ja, was muß der Idiot mir auch erzählen, wie sie alle zusammen den Kazuo obduziert haben. Hinterher hat mir Keiko Kawahara allerdings vorgeworfen, ich hätte übertrieben.»

«Ja? Aber das ist auch egal. Verdient hat er's bestimmt, der Kaneko.»

Dabei lächelte sie zum ersten Mal an diesem Tag. Es war nur eine Spur von einem Lächeln, aber ich war doch ziemlich erleichtert, als ich es sah. Allerdings mußte der Schock von der ‹Obduktion› ziemlich tief sitzen, denn sie verfiel gleich darauf wieder in ihre Niedergeschlagenheit.

«Ist meine Mutter auch nett zu dir?»

«O ja, sie hat sich gefreut, daß ich plötzlich viel bessere Noten bekommen habe, und mir gesagt, ich dürfte mir was wünschen.»

«Und? Was hast du dir gewünscht?»

«Nichts. Ich habe ihr gesagt, ich brauchte nichts.»

«Bist du dämlich! Hättest ihr einen Baukasten für eine elektronische Fernbedienung oder so was abschwatzen können!»

«Entschuldige bitte, soweit habe ich nicht gedacht.»

«Arme Kazumi! Wenn unsere Körper schon vertauscht werden mußten, hättest du wenigstens mit einem etwas anständigeren Jungen vertauscht werden sollen. Dann hätte es dir vielleicht sogar ein bißchen Spaß gemacht, ein Junge zu sein.»

Kazumi schüttelte den Kopf. «Das finde ich überhaupt nicht. Seit ich du bin, habe ich langsam begriffen, was du für ein hilfsbereiter und mutiger Junge bist.»

«Was? Ich? Wieso?»

«Also, manchmal sprechen mich auf der Straße kleine Kinder oder alte Frauen, die ich gar nicht kenne, mit deinem Namen an, und eine sagte zum Beispiel, weil ich ihr den Weg gezeigt hätte, wäre sie noch rechtzeitig zur Geburt ihres Enkelkindes gekommen, das hier wäre dieses Baby, oder es erzählt mir einer, wie es dem Vögelchen jetzt geht, dem ich damals erste Hilfe geleistet hätte. Nur eine ältere Frau starrt mich immer an, als ob sie mich auffressen wollte.»

Kazumi kicherte. «Ich weiß! Das ist eine dicke Alte mit einer kreisrunden, schwarzen Brille auf der Nase.»

«Genau! Was hast du der denn getan?»

«Oooch, das war in den Frühlingsferien, da wollte die aus dem Bus aussteigen, aber ihr Gepäck hatte sich verklemmt, daß sie nicht vor und nicht zurück konnte. Da habe ich ein bißchen nachgeholfen und sie auf die Straße gezogen. Hinterher stellte sich dann raus, daß sie gar nicht aussteigen, sondern einsteigen wollte. Da gab's dicke Luft. Seit der Zeit hat die einen Pik auf mich. Richtig nachtragend, die Alte. Ist die mir immer noch bös?»

Zum ersten Mal lachte Kazumi laut. Aber gleich darauf verfiel sie wieder in Schweigen.

«Sag doch, Kazumi, was soll ich machen? Wenn ich irgend etwas für dich tun kann, dann sag's mir. Ich tu alles, was du willst.»

«Ist schon gut, mach dir keine Sorgen.»

«Ist gar nicht gut. Du bist ich, und ich bin du. Soll

ich dir den Hiroshi Yamamoto noch mal einladen, damit ihr beide euch dann wieder vertragen könnt?»

«Hör bloß auf. Dieser affektierte Typ! Als ich noch ein Mädchen war, fand ich den Spitze, aber jetzt, als Junge, habe ich den erst mal richtig kennengelernt und finde überhaupt nichts mehr an ihm. Komisch, was? Sag mir lieber, was Kazuo Saito eigentlich werden wollte, wenn er erwachsen ist.»

Ihre unerwartete Frage brachte mich ins Nachdenken. Natürlich hatte ich mir schon mal gewünscht, Pilot zu werden oder Rennfahrer, aber so richtig entschieden für einen bestimmten Beruf hatte ich mich bisher noch nicht.

«Warum fragst du danach?»

«Wenn wir nie wieder zurückverwandelt werden, dann müssen wir uns doch langsam Gedanken über unsere Zukunft machen.»

Mir setzte vor Schreck fast das Herz aus. Nie wieder zurückverwandelt werden?! Das darf doch nicht wahr sein!

Aber wenn ich es mir richtig überlegte, hatte sie ja recht. Es gab nicht die geringste Garantie dafür, daß wir jemals wieder wir selbst werden könnten. Ich bin auch nicht mehr ganz normal. Hab mir bisher immer nur Sorgen um Kazumi gemacht, aber jetzt wird es höchste Zeit, daß ich auch mal an mich selbst denke.

Bei dem Gedanken bekam ich richtige Angst. Man hört schon mal von Jungen, die sich angeblich wünschen, sie wären als Mädchen zur Welt gekommen, aber ich gehörte nicht zu dieser Sorte. Nach den Erfahrungen, die ich in diesem Sommer als Mädchen gemacht hatte, hatte ich die Nase voll.

Mädchen haben's schwer. Müssen ständig auf ihre Körperpflege achten. Dürfen sich nicht im Höschen rumlümmeln. Müssen einmal im Monat trotz Bauchschmerzen so tun, als wäre nichts. Müssen sich immerzu das Haar bürsten. Werden andauernd in der Küche zum Helfen angestellt. Werden ständig ermahnt, sich ordentlich zu benehmen. Außerdem müssen sie sich immerzu von den Jungen angaffen lassen…

«Sag doch, Kazuo, was wolltest du werden, wenn du erwachsen bist?»

«Ach, darüber habe ich noch nie im Ernst nachgedacht. Doch, ich möchte ein richtiger Mann werden!»

«Ja, ich möchte auch wieder ein Mädchen sein, wieder Kazumi sein!»

Dann schwiegen wir wieder vor uns hin.

Nach einer Weile murmelte Kazumi, die ihr Spiegelbild in der Glastür der Vitrine betrachtete, mehr zu sich selbst: «Zur Not laß ich mir alles wegoperieren. Und einen Busen kann man heutzutage ja künstlich herstellen.»

«Bist du verrückt! Sag nicht so 'n Quatsch! Das Gesicht paßt überhaupt nicht zu einem Frauenkörper. Und überhaupt, was soll ich denn dann machen, wenn ich wieder in meinen Körper zurückkomme?»

«Ich glaube kaum, daß jemals einer von uns wieder in seinen eigenen Körper zurückkommt.»

Es hatte allen Anschein, daß Kazumi den Grund dafür wußte.

«Wieso?»

«Also, es steht zwar noch nicht hundert Prozent fest, aber es ist ziemlich sicher, daß Kazuo Saitos Familie aus dieser Stadt wegzieht.»

«Hä?»

«Dein Vater hat eine gute Position in einer neuen Firma im Gebiet von Kansai angeboten bekommen.»

«Und wann ziehen sie weg?»

«Dein Vater sagt, nächstes Frühjahr, Ende März, nach deiner Abschlußfeier in der Grundschule, das wäre gerade ein günstiger Termin.»

«So eine Unverschämtheit! Ohne mich zu fragen!»

Diesmal konnte ich die Tränen nicht mehr zurückhalten.

Ich stand noch immer unter Schock, als ich nach Hause kam. Eins war klar: Wenn nicht bis spätestens nächsten März etwas geschieht, werden Kazumi und ich endgültig voneinander getrennt und müssen den Rest unseres Lebens jeder in der Gestalt des anderen verbringen.

Andererseits konnten wir in dieser verrückten Geschichte niemanden um Rat fragen, schon gar nicht die Erwachsenen. Bei denen mußten wir sogar besonders vorsichtig sein, sonst fangen die gleich so ein Gezeter an wie Kazumis Mutter, sie müßten einen zum Gehirnchirurgen bringen oder dem Nervenarzt vorführen.

Das einzige, was uns blieb, war in der Schule Neuigkeiten auszutauschen. Leider waren diese Neuigkeiten nicht gerade dazu geeignet, uns aufzuheitern: Daß Vaters Firmenwechsel nun endgültig entschieden war, daß er nach Kobe gefahren ist, um ein Haus zu suchen, daß ein Immobilienhändler unser Haus angucken gekommen sei und so weiter, meistens waren es Berichte von Kazumis Seite, und bei jedem sank unsere Stimmung weiter auf den Nullpunkt zu.

Außerdem mußten wir nach den Ferien in unserer

Klasse alle die Plätze wechseln, so daß Kazumi und ich nun ganz weit auseinander saßen. Sie flüsterte mir morgens im Vorbeigehen schnell die letzten Neuigkeiten zu, womit für mich dann der ganze Tag schon verdorben war.

Da erhielt ich eines Tages einen Anruf von Keiko Kawamura, ob ich nicht mal zu ihr käme. Kazumis Mutter war beruhigt, weil der Anruf von einem Mädchen war, und ermunterte mich hinzugehen. Da ich mich nicht in Laune dazu fühlte, wollte ich schon absagen, aber als sie hinzufügte, sie wollte mit mir über Kazuo Saito sprechen, überlegte ich es mir doch anders.

Keiko kam mir die Hälfte des Weges entgegen. Ich kannte mich zwar gut aus in dieser Gegend, aber da sie ja glaubte, ich wäre die neu zugezogene Kazumi, hatte sie es wohl gut gemeint.

Sie führte mich in ein Wohnzimmer mit großen Fenstern zum Garten. Ich hatte mir vorgenommen, vorsichtig zu sein und mich nicht wieder zu verplappern, sondern nur freundlich zu lächeln.

«Weißt du», begann Keiko, «ich bin mir selbst nicht im klaren, ob ich das Recht habe, dich so was zu fragen. Aber es läßt mir keine Ruhe; ich muß einfach mal mit dir darüber sprechen. Was ist zwischen dir und Kazuo Saito?»

«Was meinst du damit?»

«Als du in unsere Klasse kamst, hast du gesagt, ihr würdet euch schon von klein auf kennen, ihr wärt im Kindergarten die besten Freunde gewesen. Ist das alles?»

Was hätte ich da antworten sollen? Ich sah sie wortlos an.

«Ich möchte deine Gefühle nicht verletzen. Aber ich fände es besser, wenn du mit Kazuo Saito Schluß machen würdest.»

«Warum denn?»

«Normalerweise macht es doch Spaß, wenn ein Junge und ein Mädchen gute Freunde sind. Aber ihr zwei, ihr flüstert nur jeden Morgen kurz miteinander, mit einer Grabesstimme, daß man fast glaubt, eure Eltern würden im Sterben liegen, und wenn ihr dann auseinandergeht, sieht man euch an, daß ihr am liebsten losheulen würdet. Im Unterricht guckt dann immer einer von euch den anderen an, als ob er ihn auffressen wollte.»

Wir waren mit uns selbst so beschäftigt, daß wir für nichts anderes mehr Augen und Ohren hatten; um so überraschter war ich, jetzt feststellen zu müssen, daß es in unserer Nähe jemanden gab, der uns die ganze Zeit über genau beobachtet hatte.

«Als du in unsere Klasse kamst, Kazumi, warst du eine richtig lustige Nudel. Also ja, wenn du wütend wirst, bist du immer noch rabiater als jeder Junge, aber du hast dich so verändert; wie eine Trauerweide siehst du jetzt immer aus. Außerdem habe ich noch nie gesehen, daß du dich mit jemand anderem unterhältst, nicht mal mit den Mädchen.»

Keiko hatte recht. Ich wurde immer unruhiger.

«Dasselbe könnte ich genausogut zu Kazuo Saito sagen.»

Vor Schreck setzte ich mich kerzengerade auf: Es ging um mich!

«Ich bin schon seit dem dritten Schuljahr zusammen mit ihm in einer Klasse. Der Saito war nie besonders auffällig, aber ein netter Kerl war das. Ziemlich zurückhaltend, hat kaum mal mit einem Mädchen geredet, aber unheimlich hilfsbereit. Irgendwann hat mir jemand mein Fahrrad umgeworfen, das ich vor dem Buchladen abgestellt hatte, und wie ich hilflos dastehe, weil die Lenkstange verbogen war und das Schloß klemmte, nahm er das Handwerkszeug aus seiner Satteltasche und brachte mir alles wieder in Ordnung.»

«Ach ja, ich weiß...»

Erschrocken schloß ich den Mund.

«Wie? Du weißt davon?»

«Nein, nein!»

«Und als ich ihm am nächsten Tag in der Schule noch mal dankte, tat er, als wüßte er von nichts. Da fällt mir wieder ein, als wir im fünften Schuljahr waren, mußten wir in der Arbeitsgruppe für Gesellschaftskunde zum Stadtarchiv fahren. Da habe ich irgendwo mein Portemonnaie verloren. Als ich nun so ohne Geld dastehe und nicht weiß, wie ich den Bus bezahlen soll, gibt Kazuo mir seine letzte Mehrfahrtenkarte und sagt, ich sollte sie ruhig nehmen, er hätte Bekannte in der Nähe, bei denen er sich das Geld für die Rückfahrt leihen könnte. Ich bin also mit dem Bus nach Hause gefahren und wollte ihm danach das Geld für die Fahrkarte zurückbringen, aber er war noch nicht wieder zu Hause. Bei den Bekannten war nämlich niemand dagewesen, und er hatte den ganzen Weg nach Hause zu Fuß gehen müssen. Aber das hat ihm anscheinend gar nichts ausgemacht.

Seit du in unsere Klasse gekommen bist, redet dieser Kazuo Saito kein Wort mehr und steht immer nur mutterseelenallein rum. Ich habe ihn beobachtet.

Wenn ihn jemand zum Mitspielen auffordert, lehnt er immer mit irgendwelchen Ausreden ab, er hätte Kopfschmerzen oder ihm wäre nicht gut oder so. Das ist aber noch nicht alles. Als wir im vierten Schuljahr waren, hatten wir eine Lehrerin namens Mitsuko Ashida. Sie hat in der Schule aufgehört, weil sie geheiratet hat. Neulich hat sie Kazuo zufällig in der Stadt getroffen, und als sie ihn angesprochen hat, muß er sie gefragt haben: ‹Entschuldigen Sie bitte, wer sind Sie denn?›»

«Au Backe!»

Das war mir rausgerutscht. Keiko sah mich erst groß an, fuhr dann aber ruhig fort: «Ja, das kann man wohl sagen. Gut möglich, daß er das Gedächtnis verloren hat.»

«Soll ich da etwa schuld sein?»

«Das habe ich nicht behauptet. Aber da ist irgendwas zwischen euch, irgendein Geheimnis. Ich habe das Gefühl, daß ihr beide ziemlich in der Klemme steckt, stimmt's? Neulich bin ich zufällig mit meinem Vater im Auto an eurem Haus vorbeigefahren. Da habe ich gesehen, wie Kazuo auf euer Haus schaute und weinte.»

«Ach, wirklich?»

«Kazumi, ich möchte euch doch helfen! Kazuo tut mir so leid; ich kann das nicht mehr mit ansehen. Dir kann ich es ja sagen: Ich mag Kazuo. Deshalb tut er mir leid.»

Als ich das hörte, kamen mir die Tränen. Mir tat er ja auch leid. «Also, das ist so…»

Ich wollte gerade zu einer Erklärung ansetzen, da guckte ein Junge im Kindergartenalter mit einem elektrischen Miniauto und einem Schraubenzieher in der Hand zur Tür herein.

«Keiko, das Auto fährt nicht mehr. Mach das wieder ganz.»

«Au weia! Du sollst doch nicht mit den Sachen von meinem Bruder spielen. Jetzt ist es kaputt.»

Und schon fing der Kleine an zu weinen.

«Das ist der Sohn von meiner großen Schwester», erklärte mir Keiko.

Bei Miniautos war ich in meinem Element. Ich nahm ihm wortlos das Auto aus der Hand und öffnete mit dem Schraubenzieher den Deckel auf der Unterseite. Die Ursache hatte ich sofort heraus. Der Deckel schloß zu fest, deshalb verschoben sich die Batterien zur Seite und hatten keinen Kontakt. Mit der Spitze des Schraubenziehers richtete ich sie wieder grade, verschloß den Deckel etwas weniger fest. Dann knipste ich den Schalter an: Der Motor lief!

In dem Moment kam ein größerer Junge herein. Es war Keikos älterer Bruder. Als er entdeckte, daß das Miniauto wieder lief, schüttelte er den Kopf. «Komisch, ich dachte, das wäre kaputt.»

«Sie hat es repariert. Kazumi Saito heißt sie, eine Klassenkameradin von mir.»

Ich nickte ihm zu.

«Ich bin Toshio Kawahara. Bin im zweiten Schuljahr der Mittelschule. Aber da muß ich doch staunen. Mädchen, die sich im Technischen auskennen, sind selten.»

«So gut kenne ich mich nun auch nicht aus. Aber bei dieser Marke sind Farbe und Form so schön, daß man nicht widerstehen kann. Sie haben nur leider den Fehler, daß die Batterien nicht richtig Kontakt bekommen. In der letzten Zeit ist das behoben worden, aber das hier ist noch ein altes Modell. Vielleicht sollte man eine Dichtung einlegen, damit der Deckel nicht so fest schließt.»

«Hm! Erstaunlich! So was hatte ich mir zwar auch schon gedacht...» bemerkte Keikos Bruder und fing an, mich unverschämt zu mustern.

Keiko beschwerte sich. «Toshio, du störst uns. Kazumi und ich haben etwas Wichtiges zu besprechen.»

«Da wäre ich gern dabei. Kazumi ist nämlich das hübscheste Mädchen, das du je mitgebracht hast.»

«Verschwinde! Was wir uns unter Mädchen zu erzählen haben, geht dich gar nichts an!» Damit trieb sie ihren Bruder mit Gewalt aus dem Zimmer.

«Seltsam ist das», sagte Keiko nachdenklich. «Als ich dich das Auto reparieren sah, hatte ich das Gefühl, mit Kazuo zusammen zu sein. Der macht so was auch gern.»

Ich war wirklich nahe dran, ihr unser Geheimnis auszuplaudern, aber weil ich mir vorstellte, daß Kazumi wahrscheinlich einen Schock bekäme, wenn ich ohne sie zu fragen einem Mädchen aus unserer Klasse alles erzähle, ließ ich es doch sein.

«Es tut mir leid, daß du dir wegen uns solche Sorgen machst. Aber überlaß die Sache bitte noch eine Weile uns. Außerdem sprich bitte mit keinem über das, was dir aufgefallen ist. Ich bin dir sehr dankbar für das Gespräch heute. Und ich freue mich, daß Kazuo so eine gute Freundin in dir hat.»

«Nein, ist schon gut. Aber paßt gut auf euch auf. Ich bete für euch, daß euch nichts zustößt.»

«Zustößt?»

«Ich nehme ja nicht an, daß ihr so was machen würdet. Aber man liest so oft davon in der Zeitung: Doppelselbstmord!»

Ich wäre vor Schreck fast umgekippt, faßte mich aber gleich wieder und lachte. «Keine Sorge!»

Von wegen! In Wirklichkeit machte ich mir große Sorgen. Es war nämlich durchaus möglich, daß Kazumi mit dieser Idee ankam.

Nachdem ich ein Stück von dem Kuchen gegessen hatte, den Keiko extra für mich gebacken hatte, ging ich nach Hause.

Kazumis Mutter telefonierte gerade mit der Verwandtschaft. «Übrigens wollen wir am kommenden Sonntag das siebte Jahresgedächtnis für unsere verstorbene Großmutter abhalten. Ich habe alle gefragt, wann es passen würde. Der nächste Sonntag wäre am besten, hieß es. Ich würde mich freuen, wenn ihr es auch einrichten könntet.»

Ich sprang auf. Totenfeier für die Oma, die ich angeblich ermordet habe, wie Kazumi behauptete! War ja klar, daß sich da Kazumis ganze Verwandtschaft versammeln würde. Wer weiß, was ich da wieder anstelle, weil ich keine Ahnung habe, wer wer ist. Und es war genauso klar, daß Kazumis Mutter dann wieder Theater machen würde, ich müßte zum Gehirnchirurgen oder zum Psychiater.

Ich sagte zu Kazumis Mutter, die bereits den Hörer aufgelegt hatte und etwas auf den Notizblock schrieb: «Mama, ich wollte dich was fragen wegen unserer Oma. Woran ist sie eigentlich gestorben?»

«An einem Herzanfall.»

«Nicht … nicht vielleicht etwa, weil sie was Komisches geschluckt hat?»

«Was Komisches? Was soll das heißen?»

«Zum Beispiel … ja, so etwas wie ein Insektenvertilgungsmittel.»

«Kazumi, was willst du damit sagen?» Kazumis Mutter sah mich kopfschüttelnd an, aber dann sagte sie entschlossen: «Es war ein Herzanfall!»

«So … so ein Herzanfall, kommt der nicht durch einen Schock?»

«Medizinisch gesehen wahrscheinlich schon.»

«Also zum Beispiel durch einen Schlag gegen das Kinn oder so?»

Ich hatte es wieder mal fertiggebracht, Kazumis Mutter zu ärgern. Gereizt funkelte sie mich an. «Jetzt reicht's aber, Kazumi! Willst du deine eigene Mutter des Mordes verdächtigen? Ich war zwar mit der Großmutter allein zu Haus, als sie gestorben ist. Ich wollte gerade die Wäsche aufhängen, da hörte ich, wie sie so seltsam hustete. Aber als ich zu ihr kam, hatte sie schon aufgehört zu atmen.»

«Ja, aber als wir aus dem Kindergarten kamen, saß die Oma doch noch im Korbstuhl.»

«Zu dem Zeitpunkt war sie schon tot. Ich war gerade losgelaufen, um Doktor Yamaguchi zu holen, als ihr heimkamt. Ja, richtig, damals war der kleine Kazuo auch dabei.»

Vor Erleichterung entfuhr mir ein großer Seufzer. Mit zitternden Knien ließ ich mich auf einen Stuhl fallen.

«Na warte!»

«Was ist denn?»

«Kazuo hat behauptet, ich hätte die Oma umgebracht!»

«Was!»

«Ja. Ich habe damals geglaubt, die Oma würde nur schlafen. Und weil eine dicke Fliege an ihrem offenen Mund rein und raus krabbelte, habe ich ihr mit einem Holzhammer das Kinn zugeschlagen. Von dem Schock wäre sie gestorben, sagt Kazuo.»

Kazumis Mutter sah mich an, als ob ich nicht ganz bei Sinnen wäre, aber dann brach sie plötzlich in ein schallendes Lachen aus.

«Das wollte ich mir nicht gefallen lassen, deshalb habe ich zu ihm gesagt, er wäre schuld, weil er vorher der Oma Fliegengift in den Mund gesprüht hatte.»

«Ja, so was!»

«Zur Strafe werde ich Kazuo zur Gedächtnisfeier einladen, damit er der Oma ein paar Weihrauchstäbchen opfern kann!»

«Keine schlechte Idee!» stimmte Kazumis Mutter lachend zu.

Da Kazumis Mutter einverstanden war, konnte ich also Kazumi zur Gedächtnisfeier für ihre Großmutter mitbringen.

Die Feierlichkeiten fanden in einem Tempel in der Nähe der früheren Wohnung von Kazumis Familie im Stadtgebiet von Tokio statt. Mit Kazumi an meiner Seite begrüßte ich erst mal die Verwandten.

«Also paß auf. Der Mann, der dahinten kommt, ist Onkel Hongo, eigentlich mein Großonkel, nämlich Omas jüngster Bruder. Der Schüler hinter ihm ist mein Cousin Takemi. Der ist jetzt dreizehn. Sei vorsichtig, der sagt Mädchen gern schmutzige Sachen.»

Es lief alles prima. Ich kam mir vor wie ein Schauspieler, der seine Rolle schön nach den Anweisungen des Regisseurs spielt. Bis dann der berüchtigte Cousin Takemi grinsend auf mich zukam, sich neben mich stellte und mit unterdrückter Stimme sagte: «Na, bist ja 'ne richtige Sexbombe geworden! Haste auch schon Haare gekriegt? Hihihi!»

Die Art, wie er mich anglotzte, paßte mir nicht. Widerlicher Kerl! Darf ich dem eins reinhauen? fragte ich Kazumi mit einem vielsagenden Blick. Da sie mir mit ihren Blicken ein «Du darfst» zuwarf, antwortete ich dem Cousin: «Benimm dich!» und trat ihn mit einem wohlgezielten Tritt gegen das Schienbein.

«Aua!» Takemi ließ sich extra übertrieben fallen und rieb sich das Bein, woraufhin Onkel Hongo uns scharf fixierte. Da meinte Kazumi wohl, eine Rechtfertigung für den Tritt abgeben zu müssen, und platzte raus: «Takemi ist selbst schuld. Er hat Schweinereien gesagt.»

Onkel Hongo sah verwirrt zwischen Kazumi und mir hin und her. Da beeilte ich mich, ihm Kazumi vorzustellen. «Ach ... das hier, das ist Kazuo Saito. Wir sind schon seit dem Kindergarten zusammen. Als Oma gestorben ist, war er auch dabei. Er hing sehr an ihr, deshalb ist er heute auch zum Jahresgedächtnis mitgekommen.»

Der Onkel schaute Kazumi mit einer Miene an, der man nicht sicher entnehmen konnte, ob er das Argument überzeugend fand oder nicht. Kazumi, die nicht mehr wußte, wo sie hingucken solle, machte schnell eine Verbeugung.

Um den Verwandten möglichst nicht unter die Augen zu kommen, drückten wir uns auf dem Tempelgelände herum, bis schließlich die Gedächtnisfeier in der Haupthalle begann. Im rhythmischen Singsang wurden Sutren gelesen, jeder ging der Reihe nach nach vorn, um der Verstorbenen Weihrauch zu opfern, und danach ging es zum Friedhof, zum Grab der Großmutter.

Plötzlich bemerkte ich, daß Kazumi nicht mehr da war. Sofort rannte ich los, um sie zu suchen. Da war sie! Hinter der Tempelhalle der Göttin Kishibojin, die zum Schutz der Säuglinge angerufen wird, hatte Takemi sie abgefangen und bedrohte sie. «Paß ja auf, du! Also ich soll Schweinereien gesagt haben? Was bildest du dir eigentlich ein? Seit dem Kindergarten schon mit Kazumi zusammen, da meinst du wohl, du könntest dir so was erlauben, hä? Hättest du nur die Klappe gehalten! Und überhaupt, klebt an Kazumi wie 'ne Briefmarke, und bei jeder Gelegenheit flüstert er ihr was ins Ohr! Dein Benehmen stinkt mir, Freundchen!»

Dabei faßte Takemi Kazumi beim Kragen und schüttelte sie. Kazumi, die sonst nicht so leicht einzuschüchtern war, wurde kreidebleich.

«Also, meine Tante hat auch schon gesagt, wegen dir gäbe es nur Ärger. Seit du immerzu mit Kazumi zusammensteckst, wäre sie nicht mehr wiederzuerkennen. Ich will dir ja gar nichts, aber jetzt troll dich und geh auf der Stelle heim! Überhaupt, was hast du eigentlich hier zu suchen? Macht sich als Fremder bei anderen Leuten auf der Trauerfeier breit und tut dick. Was fällt dir eigentlich ein?»

Die arme Kazumi konnte ihre Tränen nicht mehr zurückhalten. Es war nicht auszuhalten, wenn ich mir vorstellte, was jetzt in Kazumi vorgehen mußte. Sie war so schon total verzweifelt, und wenn ihr dieser

Kerl jetzt noch dazu so weh tat, dann würde Kazumi am Ende wirklich noch sterben wollen.

Lautlos schlich ich mich von hinten an Takemi heran, packte ihn beim Hemdkragen und riß ihn mit voller Kraft nach hinten um. «Wegen so einem dämlichen Typen wie dir wird Kazumi sich noch umbringen!» knurrte ich, wobei ich den am Boden liegenden Takemi mit voller Wucht in den Bauch trat.

«Uooh!» stöhnte der und krümmte sich.

«Hör auf! Kazuo! Hör auf!»

Kazumi versuchte verzweifelt, mich zu bremsen.

«Laß mich! Dieser feige Hund! Das will ein Mann sein! Arme Kazumi!»

Auch ich war den Tränen nah.

Nach dem Friedhofsbesuch war ein gemeinsames Essen in einem Restaurant nahe am Bahnhof vorgesehen, aber Kazumi sagte auf einmal, sie wollte lieber nach Hause gehen. War ja verständlich. Nach dem, was vorgefallen war, war ihr bestimmt nicht nach Essen zumute. Also sagte ich zu Kazumis Mutter: «Mama, Kazuo scheint es nicht gut zu sein. Ich bringe ihn nach Hause.»

Kazumis Mutter sah mich ärgerlich an, aber jetzt war nicht die Zeit, deswegen herumzustreiten.

«Nicht, daß er unterwegs noch zusammenklappt. Ich gehe lieber mit.»

«Wenn's unbedingt sein muß», sagte Kazumis Mutter resigniert.

Ich verabschiedete mich schnell von allen Verwandten, außer von Takemi, dem ich nur einen strafenden Blick zuwarf. Er stand verlegen in einer Ecke und vermied es, mich anzusehen.

Kazumi und ich gingen nebeneinanderher dem Bahnhof zu. Sie hüllte sich in tiefes Schweigen, und ich wußte auch nicht mehr, wie ich sie hätte trösten können. Ich hatte geglaubt, ihr einen Gefallen zu tun, als ich sie zur Gedächtnisfeier für ihre Oma einlud. Wer hätte aber auch ahnen können, daß das so ein böses Ende nehmen würde.

In der Bahn stierte Kazumi in die Ferne, die Augen voller Tränen. Bei ihrem Anblick fühlte ich mich auch so elend, daß mir die Tränen runterliefen. Ich wollte schnell ein Taschentuch herausnehmen, da bemerkte ich, daß meine Umhängetasche nicht da war. Die hatte ich bestimmt im Tempel liegenlassen.

Kazumi nahm ein Taschentuch aus ihrer Hosentasche und reichte es mir wortlos.

«Danke.»

Die anderen Fahrgäste sahen uns verwundert an, aber es kümmerte mich nicht mehr, was andere Leute denken mochten.

Endlich kam der Zug in Morino an. Kazumi sagte: «Ist schon gut.» Aber ich brachte sie doch nach Hause.

Es war niemand da. Kazumi nahm den Schlüssel und schloß die Haustür auf. Kaum waren wir drinnen, da warf sie sich mir an den Hals und heulte laut los. Ich stand ihr nicht nach und weinte mir ebenfalls den ganzen Kummer von der Seele.

Als wir uns wieder einigermaßen beruhigt hatten, trocknete Kazumi mir das Gesicht mit ihrem Taschentuch ab. «Soll ich uns einen Kakao machen?»

«Ja. Aber wo sind Vater und Mutter hin?»

«Ich weiß nicht genau. Zur Hochzeit in der Familie von irgendeinem Vorgesetzten, glaube ich.»

Wir setzten uns einander gegenüber an den Eßtisch, und Kazumi schenkte uns Kakao ein.

«Vielen Dank für alles heute», sagte Kazumi.

«Ach, das hat alles nur noch schlimmer gemacht.»

«Nein, das macht nichts. Ich glaube, ich hab dich richtig gern. Du bist so fürsorglich.»

«Ich mag dich auch, Kazumi. Deshalb möchte ich dich beschützen.»

«Danke.»

«Die Sache kommt bestimmt wieder in Ordnung. Komm ja nicht auf komische Gedanken!»

Kazumi nickte zwar, sagte aber nichts, sondern stierte mich nur durchbohrend an.

«Was ist?»

«Ich … ich möchte meinen Körper sehen!»

«Mo … Mo … Moment mal!» Ich kam ins Stottern. «Ich meine, ja sicher ist das dein Körper, aber jetzt … jetzt ist das eben meiner. Keine Angst, ich paß schon gut drauf auf!»

«Aber ich will ihn sehn!»

Damit sprang sie auf, lief um den Tisch herum zu mir und griff mir unversehens auf die Brust.

«Aua!»

«Entschuldige!»

Kazumi lockerte den Griff und ließ ihre Hand zärtlich über meine Brüste gleiten. Ich spürte ein Ziehen und Kribbeln bis in den Rücken.

«Ich geh heim!»

Wenn ich hierbliebe, zieht sie mich bestimmt nackt aus, dachte ich und wollte aufstehen.

«Bleib doch! Wo ich uns extra einen Kakao gekocht habe!»

Kazumi legte ihre Hände auf meine Schultern, als wollte sie mich niederdrücken, aber im nächsten Augenblick gab sie mir auch schon einen Kuß.

Für einen Augenblick wurde mir schwindelig im Kopf, und es prickelte überall. Mit einem Schrei stieß ich sie von mir und rannte zur Haustür. Aus dem Eßzimmer konnte ich Kazumis heftiges Schluchzen hören.

Am nächsten Morgen kam Kazumi wieder nicht zur Schule. Ich bekam fürchterliche Angst und ging zu ihr nach Hause. Meine Mutter sah verhärmt aus, als sie die Tür öffnete. Kaum hatte sie mich gesehen, da schrie sie mich schrill an: «Kazumi, das ist alles deine Schuld. Kazuo ist krank. Er wälzt sich in Fieberträumen hin und her und redet nur unverständliches Zeug. Die Oma von nebenan sagt schon, er wäre bestimmt von einem Fuchsdämon besessen. Aber ich glaube das nicht. Das ist alles deine Schuld!»

Ich wollte sie fragen, wieso das denn alles meine Schuld sein sollte, aber da knallte sie mir die Haustür vor der Nase zu. Ich wurde fast verrückt vor Angst.

Schöne Bescherung! Was wird aus mir, wenn Kazumi nun tatsächlich an der Krankheit stirbt? Vielleicht sollte ich doch alles Keiko Kawahara erzählen und sie um Rat fragen. Ach, hat doch keinen Sinn, die wird auch keine Idee haben.

Als ich so in Gedanken versunken vor mich hintrottete, tauchte vor meinen Augen plötzlich übergroß ein Auto auf, und im nächsten Moment verlor ich das Bewußtsein.

Als ich wieder zu mir kam, lag ich in einem weißen

Krankenbett. Mein Körper schmerzte mich überall. Der linke Arm war von der Schulter an fest mit einem dicken Verband umwickelt. Es hatte den Anschein, daß ich von dem Auto angefahren worden war.

«Du hast wirklich Glück gehabt, daß du mit einem Knochenbruch davongekommen bist», sagte Kazumis Mutter, indem sie mir den rechten Arm streichelte.

Ich mußte schließlich einen ganzen Monat im Krankenhaus verbringen. Da ich mir fürchterliche Sorgen um Kazumi machte, bat ich ihre Mutter wieder und wieder: «Ach, Mama, bitte, ich möchte Kazuo wiedersehn! Ruf doch an und sag ihm, er soll mich besuchen kommen!»

Jedes Mal schüttelte Kazumis Mutter den Kopf. «Ich habe so oft versucht anzurufen. Aber sobald Kazuos Mutter merkt, daß ich es bin, legt sie wieder auf.»

Einmal kamen mich einige Mitschülerinnen zusammen mit Keiko Kawahara besuchen. Es gelang mir, Keiko zu fragen, ohne daß die anderen es merkten, ob Kazuo wieder zur Schule käme. Sie schüttelte nur den Kopf.

Einige Tage später kam sie dann allein.

«Hat es geklappt?»

«Nein, seine Mutter sagt nur, er wäre krank und müßte das Bett hüten.»

«Kannst du nicht mal Fräulein Ono fragen?»

«Geht in Ordnung.»

Keiko mußte unserer Lehrerin Bescheid gesagt haben, denn Fräulein Ono erschien gleich am nächsten Tag in der Mittagspause.

«Also, auf Kazuos ärztlichem Attest steht ‹nervlich bedingte Kopfschmerzen›. Aber er lernt fleißig zu Hause, sagt seine Mutter. Zu den Prüfungen wird er allerdings zur Schule kommen. Dir auch gute Besserung!»

Und damit eilte sie schon wieder zum Unterricht zurück.

Als ich endlich aus dem Krankenhaus entlassen wurde, war das Jahr schon fast zu Ende.

Kazumis Mutter behandelte mich wie ein rohes Ei, so daß ich zum Glück auch nicht bei den Vorbereitungen für das Neujahrsfest zu helfen brauchte. Allerdings machte ich mir solche Sorgen wegen Kazumi, daß ich es kaum noch aushielt.

Endlich ergab sich eine günstige Gelegenheit, unbemerkt von der Familie Kazumi anzurufen.

«Hier Saito. Sagen Sie bitte, was Sie wünschen, und vergessen Sie nicht, Ihre Telefonnummer zu nennen. Wir rufen Sie nachher zurück. Pim, pom, pooom.»

Ein automatischer Anrufbeantworter!

Es war am frühen Morgen des zweiten Neujahrstages. Irgend jemand klopfte leise an das Fenster meines Zimmers. Ich riß den Vorhang beiseite und sah: mein eigenes Gesicht!

Das hieß, Kazumi stand draußen.

Kaum hatte ich das Fenster aufgemacht, da sprudelte sie los: «Ganz schlimm! Wir ziehen noch in diesem Monat um! Am Gartentor sieht man uns; komm lieber runter zur Statue vom Schutzgott Jizo!»

«Okay!»

In größter Hast zog ich mich an und schlüpfte geräuschlos aus dem Haus. Da es der zweite Neujahrstag war, schliefen noch alle. Kazumi stand bleich und zitternd unten an der Statue und schaute mir ungeduldig entgegen. Um keinen Lärm zu machen, trat ich langsam und vorsichtig auf. Da sah ich, wie Kazumi aus ihrer Tasche irgendwelche weißen Tabletten hervorholte und sich in den Mund warf.

Um Himmels willen, sie will sich vergiften!

Von Panik gepackt rannte ich los. Ich wollte mich auf Kazumi werfen, aber da stolperte ich plötzlich und flog mit einer unheimlichen Wucht gegen sie.

Vor meinen Augen tanzten Sterne wie ein Feuerwerk, ein brenzliger Geruch stieg mir beißend von der Nase ins Gehirn, alles um mich herum leuchtete violett, und ich fühlte meinen Körper kraftlos zusammensacken. Dann war alles schwarz.

Das erste, was ich fühlte, als ich zu mir kam, war ein scharfer Pfefferminzgeschmack im Mund. Kazumi und ich lagen beide einander umarmend zu Füßen der Statue des Schutzgottes Jizo. Ich drückte Kazumi fest an mich.

«Du, ich wollte dich unbedingt sehn. Ich bin fast gestorben vor Angst um dich!»

«Ich auch. Ich hatte von deinem Autounfall gehört, aber deine Mutter hat mich nicht rausgelassen.»

Laut schluchzend hielten wir einander fest in den Armen.

«He, Moment mal!»

Ich stieß Kazumi von mir. Irgendwas hatte mich am Hals gekitzelt. Ich sah an mir herab. Was sah ich da: Ich hatte Kazumis Jacke an, also Kazuos Jacke, eine Jacke mit Pelzkragen! «Verdammt, ich muß mich umziehen, sonst gibt's wieder Ärger!»

«Hah?» Kazumi sah mich erst verwundert an, doch

dann sprang sie hoch und kreischte: «Kazuo, schlag mich, schlag mich, schlag mich! Schnell, schlag mich, schlag mich!»

Ich dachte, Kazumi wäre auf einmal verrückt geworden und hätte einen Tobsuchtsanfall oder so was. Kazumi wartete aber nicht, sondern schlug sich schon selbst wie besessen mit beiden Händen links und rechts auf die Wangen, daß es nur so klatschte, und brach in Tränen aus.

Hilfesuchend blickte ich mich um. Das Stadtviertel lag noch still, es waren weder Passanten noch Autos zu sehen.

Was soll ich nur tun, dachte ich gerade, da fiel mir Kazumi um den Hals und küßte mich wie toll. Sie lutschte so heftig an meinen Lippen, daß sie mir das Pfefferminzbonbon aus meinem Mund heraussaugte. Wann habe ich mir überhaupt ein Pfefferminzbonbon in den Mund gesteckt? fing ich grade an zu überlegen, da spürte ich, wie Kazumi ihre Wangen wie wild an meinen rieb. «Kazuo, wir sind wieder wir! Wir sind wieder zurückverwandelt!»

«Hä?»

Abrupt stieß ich Kazumi von mir und tastete nach meiner Brust: flach! Jetzt riß ich meinen Gürtel auf, den Hosenbund, steckte eine Hand hinein, wenn ich mich auch schämte, und fühlte nach, ob mein Männlichkeitssymbol wieder da war oder nicht. Es war da!

Kazumi mußte dasselbe gedacht haben, denn sie drehte mir den Rücken zu, beugte sich nach vorn und fühlte mit der Hand in ihrer Unterhose nach.

«Na, ist er noch dran?»

«Nein, er ist weg!»

Wieder umarmten wir uns. Umarmt hopsten wir vor Freude auf und nieder und drehten uns im Kreis.

Ich erinnerte mich: Damals, am Anfang des sechsten Schuljahres, als unsere Körper miteinander vertauscht worden waren, das war auch hier gewesen, genau an derselben Stelle. Genau vor der Statue des Schutzgottes Jizo, von dem man sich erzählt, daß er sich in ein Mädchen verwandelt hätte, das von Bösewichtern verfolgt war.

Unser Atem war weiß und der Boden war hart vom Frost, aber wir hatten die Kälte längst vergessen.

«Wir sind gerettet! Kazumi, ich liebe dich!»

«Und ich dich auch, Kazuo, mehr als jeden anderen auf der Welt!»

«So, jetzt pinkle ich erst mal im Stehn!»

«Ja! Laß mich zusehn!»

Ich drehte der Statue den Rücken zu, machte die Beine breit und pinkelte einen wunderschönen hohen Bogen durch die kalte Winterluft. Weißer Dampf stieg von dem Strahl auf, der prasselnd auf die Erde niederklatschte und zerstieb.

«He, was macht ihr denn da?» rief eine Stimme über unseren Köpfen. Das war die Stimme von Kazumis Mutter! Kazumi antwortete jedoch sofort: «Mama! Wie schön, dich wiederzusehn! Alles Gute zum neuen Jahr!»

Was Kazumis Mutter da für ein Gesicht gemacht hat, weiß ich nicht, denn ich rannte schnurstracks nach Hause – endlich wieder zu mir nach Hause!